我 寫 新 作 文 系 列

「我的母親」的 60 種寫法

何萬貫 主編

商務印書館

責任編輯：毛宇軒
裝幀設計：趙穎珊
排　　版：周　榮
印　　務：龍寶祺

「我的母親」的 60 種寫法

主　　編：何萬貫
出　　版：商務印書館（香港）有限公司
香港筲箕灣耀興道 3 號東滙廣場 8 樓
http://www.commercialpress.com.hk
發　　行：香港聯合書刊物流有限公司
香港新界荃灣德士古道220–248號荃灣工業中心16樓
印　　刷：中華商務彩色印刷有限公司
香港新界大埔汀麗路36號中華商務印刷大廈14樓
版　　次：2025 年 6月第 1 版第1次印刷

ISBN 978 962 07 0691 2
Printed in Hong Kong

總序

何萬貫

為了幫助學生學習寫作，提高語文水平，筆者編寫了這一套寫作系列叢書。

這套叢書總的特點是，把寫作和閱讀結合起來，把寫作知識和範文有機地結合起來。書中把寫作知識分成各種各樣的大小專題，大的專題有文章主題、文章結構、文章取材等等。大的專題下面又分成若干個小專題，比如文章結構下面又分段落和層次、開頭和結尾、過渡和照應、主次和詳略等幾個小專題，每個小專題下還有若干個知識點。筆者就從這些知識點出發，設計出若干個題目，然後請一些大學生結合有關知識點寫出範文，範文後面附有評語，簡介該範文是否符合設計要求。這樣，讀者在學習有關的寫作知識和閱讀範文的過程中，就可以從理論和實際相結合的意義上去學習有關的寫作技巧了。

這種編排的好處在於，學生在閱讀和學習寫作理論的時候有了參照文，從而使學習理論具體化，不會感到枯燥。生動具體的學習形式可以提高學生的興趣，而興趣是學生學習寫作的內在動機，會使他們喜愛寫作，進而多讀多寫，越寫越有興趣，越寫越有進步。

一個大專題編一本書，所以每本書在內容上也有一個中心。比如關於文章表達方式的這一本書就是以母愛為中心，而關於文章結構的這一本書則是以父愛為中心，如此等等。在決定書名的時候，以文章內容作正題，以寫作知識專題作副題。因此，讀者除了會從這些書中學習到有關寫作知識以外，還會從範文的內容中受到思想教育，或者從意識上受到薰陶，再或者從思想方法上受到啟迪。

要按照有關設計寫出相應的範文並不容易。這些範文的作者，就像許多施工工人對待建築師精心設計的圖紙一樣，須經一絲不苟反覆推敲，才能使自己的文章符合設計者的要求，頗費一番努力。在此，要向他們表示衷心的感謝。

在這套書的編寫過程中，還得到了許多朋友的支持和鼓勵，在此一併致謝！

關於手法

本書是寫作系列叢書的手法篇。手法，即寫作手法，也叫表達方式。全書結合具體篇章，講述了文章的表達方式問題。

全書把有關篇章分成五類，講述了五種表達方式：記敍、描寫、說明、抒情和議論。每一類文章為一個章節。每個章節的前面都有一篇說明文字，說明該章主要表達方式的意義、使用方法和注意事項；然後進行有關篇章的具體設計，再按具體設計順序排列出有關文章。每篇文章的後面都有評語，評述該文章是否符合有關設計的要求。

要運用好以上五種表達方式，首先就要了解它們各自的含義，了解它們之間的區別。各種表達方式的含義，在相關章節前已有詳細闡述。在這裏，重點講一講它們之間的區別。敍述、說明、議論的區別，一般人都比較清楚，很少有人會把它們混淆。比較難以區別的是敍述和描寫。敍述的特點在於陳述客觀對象。比如講述人的活動和事物發展變化過程，事情的前因後果，便是敍述。描寫的特點在於描繪客觀事物。描繪和陳述的最大區別在於，描寫像畫圖畫一樣畫出客觀事物的樣子。“火車開過來了”，這是敍述；“火車轟隆轟隆地像野馬一般飛馳過來了”，這是描寫。前面一句只是陳述大概的情形，人們無法從句子中看出火車開過來時的樣子。後面一句是描繪具體情況。透過句子，人們可了解到火車開動的聲音、速度。換言之，敍述主要是用來陳述過程、展開情節、交代人物活動和事件的始末。只要事情交代得清楚，敍述就算成功。而描寫就要活生生地把人物和事物的狀態顯露出來，使讀者感覺到這些人和事物栩栩如生，如見其人，如臨其境。

以上所講的是敍述和描寫的區別。敍述和議論、抒情雖然比較容易區別，但是在一些情況下也容易混淆。比如議論和抒情，議論是理智上的表達，講的是理；抒情抒發的是情感，講的是情。但是有時候，何者是情，何者是理，作者是在“抒”還是在“議”，確實需要仔細鑒別才能弄清楚。

五種表達方式綜合運用，是寫作中的普遍做法。寫一篇文章，很少單獨使用一種表達方式，總會同時使用幾種表達方式。當然，在每篇文章所使用的表達方式中，總有一種是主要的。這種主要的表達方式就決定了文章的體裁。以記敍為主的是記敍文，以說明為主的是說明文，以議論為主的是議論文。有主要總會有次要。如記敍文以記敍為主，但同時會使用描寫、抒情、說明、議論等表達方式。當然，不一定會同時使用五種表達方式，往往只會使用其中的一兩種表達方式。只單獨使用敍述這種表達方式的記敍文，很難說得上是一篇好的記敍文。或許有人會說，記敍、描寫、抒情文要多種表達方式結合使用，難道說明、議論文也要結合多種表達方式來寫嗎？答案是肯定的。這裏單說一說議論文。議論文需要論據，其中一個叫事實論據。要通過舉一件事去論證某一個論點，首先就要把這件事講清楚。在這個過程中，就要運用到敍述、描寫等表達方式。除了事實論據外，議論文還要理論論據，需要引用某種學説，引用某些名人的話。引用時需要加以説明，也就需要運用説明的表達方式。在論證過程中或者通過論證而得到某一個結論，作者如果有甚麼感慨，當然也可以運用抒情的表達方式去抒情。寫作是一種自由表達情意的活動，誰也沒有權利去束縛作者的手腳。魯迅寫的很多雜文本身就是議論文，但他運用文藝手法去寫，幾種表達方式巧妙結合，嘻笑怒罵皆成文章，令人不禁叫絕。如果他只運用議論一種表達方式去寫，他的那些雜文就只能算是理論文章，歸不入文藝一類，受讀者歡迎的程度就會大打折扣了。

要掌握好各種表達方式，就要弄清楚各種表達方式的要求。每種表達方式都有自己特定的要求。敍述的要求有兩個，一個是清楚完整，另一個是有變化。甚麼叫清楚完整？即是要交代清楚六大要素：時間、地點、人物、起因、經過和結果。在一般情況下，這六大要素都要交代得完整、清楚。當然，在某些情況下也可以省卻某一要素不寫，但這要以不影響讀者對事件的了解為原則。另外，敍述的順序，貫穿於文章中的線索等也要交代清楚。所謂有變化，是要多種敍述順序巧妙地結合起來使用，既有順敍、平敍、倒敍，也有間敍、明敍、暗敍，這就謂之有變化。當然，並不是要求每篇文章都使用全部敍述順序，而是力求避免單調，避免平鋪直敍。至於描寫，首先要注意的是描寫的目的要十分明確，不要為描寫而描寫。描寫是為主題服務的，真正有用的描寫應該有利於主題的表達。如果不利於主題的表達，不管在甚麼情況下都把有關事物的樣子描繪一番，那就不但起不了應有的作用，而且會浪費讀者的閱讀時間。描寫要抓住所描對象的特點，做到形象逼真，形似神似，即所謂形神兼備。至於抒情，一是要真摯自然，二是要具體豐富，就是要把感情的類別，比如是喜，是怒，是哀，是樂，以及感情的程度、轉變和控制過程都要寫出來，不但寫出表達感情的"語言"，而且寫出表達感情的"動作"。有些同學一寫到景，就是"這是多麼美啊！"，一寫到人，就是"這是多麼可愛！"。這樣寫太抽象太一般化了，一點也不能感動人。議論的要求是正確、鮮明、新鮮而有意義；論據要有力，跟論點有必然的聯繫；能夠合乎邏輯地推出論點；論證方式要適當。說明要抓住事物的特徵，把握好說明中心，"說深"、"說透"、"說準"。上面所說的是各種表達方式的一般要求，至於具體情況，就要根據各篇文章而定，因文而異。

跟文章的結構一樣，文章的表達方式也屬於形式範疇，主要還是由內容來決定。本書的具體內容是寫母愛。跟寫父愛一樣，本書每篇文章寫的都是人和事，通過寫人、寫事來反映母愛這種情感。書中的有關設計就是根據這一情況來設定的。因題材所限，所收文章大部分是記敍文，少數是描寫文和抒情文，沒有說明文，只有個別篇章是議論文。在記事記人為主的文章中，都應用了一種以上的表達方式，有主有次，主次結合，基本上達到了設計中有關表達方式方面的要求。

目 錄

第二章 把"樣子"描寫出來 44

第三章 話要説得明白 70

第四章 把道理講清楚 96

第五章 要適當地抒發感情 124

第一章

運用好敍述手法

敍述也稱“記敍”，是作者在文章中對人物、事件以及環境等進行概括性的交代，是寫作中最基本，也是最常見的一種表達方式。

我們在寫記敍文的時候，先寫甚麼後寫甚麼，要有一個恰當的安排，這就是常說的記敍方法。常見的記敍方法有順敍、插敍和倒敍三種。順敍就是按事件的起因、經過、結果的時間先後順序來寫的敍述。倒敍一般是先寫事件的結局或事件中的精彩片段，再交代事情的來龍去脈的敍述。插敍就是在敍述主要事件的過程中插進有關內容的敍述。當然，如果細分，根據敍述的用途還可以分為特敍、帶敍、詳敍、略敍、類敍、補敍等等。需要注意的是，一篇文章完全可能糅合了以上所說的幾種方式，只不過是以其中的某種方式為主罷了。值得注意的是，無論是倒敍還是插敍，都不可能與順敍無關。倒敍實際上只是順敍的一個局部變通；插敍則是安排在順敍中起補充作用的一段文字。所以說，順敍才是敍述的主要手段。但如果沒有在順敍當中適當地使用其他敍述手段，則等同平鋪直敍，也就是平常所說的“記流水賬”。這是寫作當中的大忌。

敍述還要注意人稱，也就是要注意是以自己還是以他人的口吻進行敍說。敍說一般分為第一人稱和第三人稱。“我”是第一人稱。由於文章所寫的內容是“我”的所見、所聞、所感，所以用第一人稱去寫的話，會顯得比較真實可信，比較親切。第三人稱是以非文章中人物的口吻進行敍說。用第三人稱去寫，能比較自由、廣闊地反映社會生活，也便於深入地反映他人的內心世界。敍述是沒有以第二人稱進行的。

一次清楚的敍述，最起碼要能將人物、時間、地點、原因、經過和結果六個要素交代清楚。其次要求線索分明。也就是說，在進行述說的時候，無論是以時間為線索，還是以空間轉換為線索，或者以某一具體事物的發展變化為線索，都要力求條理清晰，層次分明。再次就是敍述要求詳略得當。也就是說，應該根據文章的主題決定哪些內容應該詳細加以敍述，哪些內容可以一帶即過。只有這樣，文章的重點才能突出，讀者也才能知道文章主旨。

文章題目	敍述的人稱	敍述的方法	敍述的要點
選擇	第一人稱	順敍	詳寫準媽咪的選擇，略寫媽媽
手機	第一人稱	順敍	以手機為線索
危機時刻	第一人稱	順敍	用過渡句來銜接
足球情緣	第一人稱	倒敍	中間插入說明表達方式
“說謊”的媽媽	第一人稱	順敍	省略了地點這一要素
圓	第一人稱	插敍	敍述中有抒情
媽媽的日記	第一人稱	順敍	中間插敍，插入抒情
媽媽的希望	第一人稱	插敍	以媽媽的希望為線索
秘密	第一人稱	順敍	以“秘密”（流淚）為線索
“婉約派”媽媽	第一人稱	順敍	用過渡詞來銜接
冰糖雪梨羹	第一人稱	順敍	詳寫母親的行為，略寫“我”如何備考
暖冬	第一人稱	順敍	以時間短句來銜接
矮媽媽	第一人稱	順敍	記敍中插入描寫
一雙手	第一人稱	順敍	以一雙手為線索

選擇

王良

一個禮拜天，我陪媽媽去逛商場。媽媽是個超級購物狂。儘管我倆的手上已經提得滿滿的了，可她完全沒有要停下來的意思。在一個賣提包的櫃枱前，媽媽又對一款小提包愛不釋手了。

就在這時，一個穿着打扮比較樸素的年輕女人走了過來。她腆着大肚子，臉頰有點浮腫，一看就知道是位準媽咪。準媽咪也看中了媽媽手中的那款小坤包。猶豫了一會，準媽咪便向售貨員詢問價格。售貨員有禮貌地回答了。一聽，她臉上的神色微微有些變化，思索了片刻，走開了。顯然，小坤包的價錢有點超出準媽咪的意料。

半個小時後，我們在嬰兒用品店裏，又碰上了這位準媽咪。這次，她看中的是一牀嬰兒被，可那嬰兒被的價格比小坤包的還要高出許多！準媽咪撫摩着柔軟的嬰兒被，臉上透露出一種複雜的神色。是被子的價格讓她感到有點難以接受還是還在惦記着那個時髦的小提包？我也說不準。

不過，短短的一分鐘後，準媽咪便爽快地對售貨員說："我要了，給我開發票吧。"她這麼快就拿定了主意，有點出乎我的意料，這嬰兒被不是比小坤包還貴麼？

一旁的媽媽看我迷惑不解的樣子，推了我一下，說："傻女兒，別疑惑了，因為她是位媽媽啊。媽媽的需要總是排在孩子的後面的。"頓時，我恍然大悟，心裏湧起了一陣感動。

- 文章用順敍的敍述方式，通過敍述一位準媽咪在自己的需要和孩子的需要兩者之間做抉擇，表現了偉大無私的母愛。
- 文章詳寫準媽咪的選擇，略寫媽媽對"我"的愛，在最後用媽媽的口吻，一語雙關地寫出了媽媽對"我"的愛，起到了事半功倍的效果。

手機

任英才

電影《手機》的熱播，使得一股"手機風"在我們學生中悄然颳起。一向是班上領頭人物的我當然不甘落後。有一天，剛放學回到家，我就跟媽媽提出了買手機的要求。媽媽起初不同意，認為學生帶手機回學校會影響學習。可最後耐不住我的軟磨硬泡，終於當天就在商場裏給我買了一個高檔的新產品。

我心裏可樂壞了。心想，這下我也成"手機一族"了，還是名牌一族呢，媽媽真好。不過，我哪想到，正是這手機，給我帶來了不少"麻煩"。

自從有了手機，媽媽的短信就像那奔騰的黃河之水，滔滔不絕。每天早上我一進校門，媽媽的短信就會準時到達，問我路上是否平安。下午一放學，媽媽的短信又會提醒我要早點回家，她已經準備好了可口的飯菜。倘若媽媽出差在外，那短信就更如同決堤的水，洶湧而至，內容從吃飯到穿衣，從睡覺到刷牙，樣樣都問。我無奈，只好如實稟報。特別可惡的是，有時候同學生日，正玩得高興，媽媽的電話會突然"偷襲"，催促我早點回家。手機儼然成了媽媽的跟蹤器！

一天，手機忘了充電，我只好關機。可奇怪的是，關機後我整天都覺得悵然若失。想來想去，終於找到了原因。原

來是手機關了，沒有了媽媽的溫情"騷擾"，生活中就像缺少了某樣東西。

唉，這讓我又愛又恨的手機喲！

- 文章採用順敘的方法，表面上寫手機給作者帶來的快樂和"煩惱"，而實際上是寫媽媽對"我"無微不至的關心。
- 文章語言幽默詼諧而不失溫情，讓人回味無窮。
- 文章以"手機"為題，又以"手機"為線索，第一段講買手機，第二段過渡，第三段講用手機，第四段講關手機，最後一段寫對手機又愛又恨。圍繞着手機去寫，文章線索分明。

危機時刻

陳曉蘭

老爸老媽結婚十五週年的紀念日快到了。我提議他們去雲南旅遊一個星期，過過二人世界，並保證絕不打擾他們。我的提議正中老爸下懷，可老媽卻舉棋不定。我知道，老媽是放心不下我這個寶貝兒子一人在家。不過，在我這三寸不爛之舌的勸説下，老媽最終還是同意了。

臨行前，老媽一邊收拾行李，一邊告知我各項“注意事項”：每天要按時起牀，要記得喝牛奶，記得關水龍頭，出門注意安全……沒完沒了。唉，我這老媽簡直是人不老心老，比我奶奶還囉嗦！

老爸老媽離家以後，我可謂“久在樊籠裏，復得返自然”，每天過得自由自在，隨心所欲。我覺得這簡直是我這輩子第一次享受到的真正的自由！

可好日子沒過兩天，麻煩就來了。一天放學回家，我發現保險絲燒斷了。這對我來説，可是個大災難，不能看電視玩電腦不説，就連晚上也只能在黑燈瞎火中度過。怎麼辦呢？只好不顧絕不打擾他們的諾言，向老媽電話求救了。電話那頭傳來了老媽那熟悉的聲音：“我在你枕頭底下留了張紙條，你拿出來看看就知道該怎麼辦了。”哈，我真的在枕頭下找到了一張紙條，是老媽的筆跡！紙條上面密密麻麻地寫了一排電話號碼！有外賣店的，有郵電局的，有醫院的，當然也有

物業管理公司的。幸虧有老媽的紙條，我的難題迎刃而解。不過，在慶倖之餘，我不得不佩服老媽的細心和周到。

一場“危機”在老媽未雨綢繆的預備下化解了。

- 文章採用順敘的敘述方法，按照時間的先後，記敘了在爸爸媽媽出遊之後發生的一次危機。最後，危機在媽媽無形的幫助下得以化解。文章正是從這個角度上反映媽媽對作者事無巨細的關懷，讀來真切感人。
- 文章第四段第一句是過渡句，把第三段與第四段銜接起來，以便文章內容由“好日子”過渡到“麻煩”。

足球情緣

陳慧姍

昨天，我們家發生了一件大喜事——我終於如願以償地考入了夢寐以求的足球隊。不過，說到我今天的"成就"，還得衷心感謝一個人，那就是我的媽媽。

小時候，爸爸遠在太平洋彼岸的紐約工作。媽媽只得一個人扛起家中的大小事務，帶着我在香港生活。

打小起，我就對足球着迷。不過，那時社區裏沒有足球場。我只好每天吆喝着幾個小夥伴在樓下的水泥地上擺開陣勢，幹起仗來。儘管媽媽一再囑咐我，在水泥地上踢球容易受傷，也容易出事，可我仍無法抗拒足球的誘惑，對媽媽的囑咐置若罔聞。我們一幫小鬼不聽老人言，所以也就難免隔三差五地惹出事端，不是足球從人家的玻璃窗穿窗而入，就是砸破了人家的花盆。每每"東窗事發"，我們一幫人就作"鳥獸散"。不過，受害人一旦尋找肇事者，作為"領頭羊"的我自然難逃其責。這時，媽媽少不得要請上維修工人，登門道歉並維修那些被我踢壞的門窗。

媽媽生性不喜歡麻煩別人，更不喜歡在別人面前低聲下氣。可因為我，她不知道向左鄰右舍賠了多少罪，道了多少歉。儘管這樣，媽媽也沒有禁止我踢足球。因為她知道，足球是我快樂的源泉。

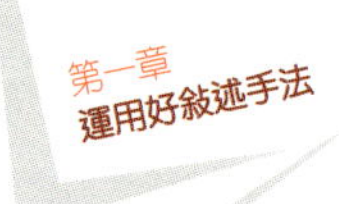

今天，我早已不是那個搞破壞的小男孩，而是馳騁在綠茵場上的青春少年了。但我永遠都不會忘記媽媽對我的支持。

- 文章表面上寫“我”與足球的緣分，實則從側面寫出媽媽的愛。文章採用倒敍的敍述方式，先寫“我”考入足球隊這一“大喜事”，然後由這一事件引發回憶，寫出媽媽對“我”的支持，含蓄地表達出媽媽對“我”的愛。
- 文章第四段用的是說明的表達方式。第一段講我得衷心感謝媽媽，第二、三段都沒有明確交代為甚麼要感謝媽媽，到了第四段就插入說明，明確交代為甚麼。這樣在敍述中插入說明，能夠使文章意思完整。

“說謊”的媽媽

張田美

在我十多年的記憶中，有關爸爸的印象是模糊的。因為我的父母在我還很小的時候就離異了，我一直跟隨媽媽生活。

儘管離異了，但只要我提及爸爸，媽媽總是誇獎爸爸是個正直、大方的人，是個光明磊落的男子漢。在我幼小的心靈裏，我為爸爸驕傲。但也曾經有過這樣的疑問：既然爸爸是個這麼好的人，那他與媽媽為甚麼要離婚呢？當我追究這件事的答案時，媽媽就非常嚴肅地告訴我，那是因為她與爸爸的生活方式不一樣，還說等我長大了自然就會明白的。

時光荏苒，懵懂的我在媽媽的教導下漸漸長大。有一天，從旁人的口中我了解到，其實爸爸並不像媽媽說的那麼完美，甚至傷害過我善良的媽媽。於是，我流着淚跑去問媽媽為甚麼要對我說謊，隱瞞爸爸傷害過她的事實。媽媽伸手幫我擦乾眼淚，語重心長地說，不管她與爸爸之間發生了甚麼，她仍然希望爸爸在我的記憶中是完美的、稱職的，又說她所告訴我的爸爸的那些優點也是實在的，只不過隱瞞了他的一些缺點而已。

在媽媽輕柔而凝重的話語中，我終於體會到了媽媽的苦心：她之所以對我撒謊，是因為不想在我幼小的心靈裏種下仇恨的種子，以至泯滅了感受人間真情的能力。這是多麼寬廣的胸懷，多麼無私的愛啊！

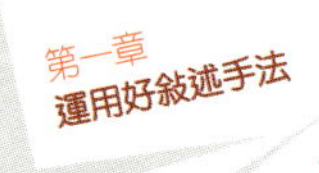

- 文章採用順敘的敘述方式，按照事件的進展程式，緊緊圍繞“說謊”二字展開。在作者的敘述下，讀者了解到了一位為了使兒子健康快樂成長，而不惜忍痛對兒子撒謊的母親的這份苦心，故事催人淚下。
- 記敘文有六要素。這篇文章只交代了五要素：時間、人物、起因、經過和結果，卻沒有交代地點。就本文而言，不交代地點也無妨。因為文章是要通過寫一件事來突出媽媽胸懷的寬廣，那麼，無論發生在甚麼地方，這個事例的敘述都能起到這個作用。所以，可以省略地點這個要素。

圓

王凌燕

數學課上，老師正在講解圓的基本特徵。我望着黑板上白色的圓心與圓周，陡然想起媽媽來了。我與媽媽，多麼像黑板上的圓心與圓周啊！

春天裏，媽媽叮囑我要注意清潔皮膚，並摘來新鮮的蘆薈給我擦臉，說這樣可以預防我的桃花癬；督促我做好一年的計劃，說一年之計在於春，要養成辦事有條理的習慣。

夏天裏，媽媽頂着烈日去藥店，買來藥材精心為我熬涼茶，並說服我喝下，說這樣可以抵擋酷暑的進攻；把最舒適的房間讓給我，說我學習忙碌，比她更需要好的休息環境。

秋天裏，媽媽拿出早就晾曬好的乾花，為我做乾花枕頭，說它能安神養心，有助於睡眠；犧牲好不容易盼來的休息時間，陪我去海灣寫生，並且是我唯一忠實的支持者。

冬天裏，媽媽為埋頭復習功課的我捧來熱騰騰的薑茶，說它能提神醒腦，活躍思維，讓我的學習更加有效率；拿出積蓄支持我參加冬令營，而自己卻捨不得買下心儀已久的手提包。

哦！媽媽，假如您的生活是一個圓圈，那麼，我就是那個圓圈中的圓心。您總是圍繞着我在旋轉，不論春夏秋冬，永遠沒有終點。

- 文章採用插敍的敍述方法，由數學課上的圓寫起，生動貼切地將“我”與媽媽的關係比喻為圓心與圓周的關係，繼而展開聯想。在聯想的過程中，又按照春、夏、秋、冬四個季節來寫，以暗示季節雖然在改變，媽媽的愛卻永遠不變。
- 文章一方面在插敍春夏秋冬媽媽如何照顧“我”，一方面在抒情，抒發對媽媽一年四季周到地照顧“我”的感激之情。

媽媽的日記

梁均才

前段日子，我們全家人都忙着收拾東西，準備搬到淺水灣的新家去。一天，我正在收拾書櫥裏爸爸的藏書的時候，竟然發現了一本紙張有些泛黃的日記本。

打開一看，竟然是媽媽的筆跡！第一篇日記，媽媽寫於1995年8月30日：

今天，寶寶第一次開口叫我“媽媽”。那一刻我不知道有多高興與自豪！我可愛的小寶貝已經會叫“媽媽”了！她用天真的眼神望着我，粉嫩的小臉上盪漾着笑容，朝我叫“媽媽”！我相信我這一生都會銘記這一幸福的時刻，這一刻的到來讓我忘卻了所有的辛勞與疲憊。我覺得我是這世界上最幸福的人！

我的親寶貝，等你長大了，媽媽會教育你，要你做個守信用的人。媽媽會告訴你，成功的果實需要汗水的澆灌；媽媽會告訴你，只有自己快樂了才能讓身邊的人快樂；媽媽會告訴你，你的快樂就是媽媽最大的快樂；媽媽會告訴你，無論你的生活富裕與否，都要養成節儉的好習慣；媽媽會告訴你，每個人都應該有自己的理想……

讀着媽媽的日記，我不禁喟歎：原來嚴肅的媽媽也有“得意忘形”的時候！原來媽媽對我的培養也是早有“預謀”的！

- 文章採用順敘的敘述手法，由搬家寫起，繼而引出媽媽寫於十幾年前的日記。日記的字裏行間，流露出媽媽對作者的疼愛。
- 同時，巧妙地插敘媽媽第一篇日記的內容，借助媽媽日記中的內心獨白，從側面寫出了媽媽對作者無微不至的關懷與教育，角度新穎獨特。
- 文章最後一段用的是抒情的表達方式，寫出了媽媽的“得意忘形”。

媽媽的希望

何天恩

由於各種各樣的原因，才二十出頭的媽媽與年近半百的爸爸結婚了。因為家境貧困加之身體日見衰弱，爸爸的脾氣越來越糟。媽媽除了不得不忍受着爸爸的壞脾氣外，還得四處打零工維持一家人的生計。

媽媽對我的要求一直都很嚴格。她總是對我說：一定要出人頭地，過一種全新的生活。因此，我的作業必須是同學中最優秀的，我的體育成績也必須是最棒的，繪畫、唱歌，哪一樣都不能落後。我無法理解媽媽為甚麼要對我這麼殘酷，給我這麼大的壓力。我甚至懷疑她是要把對生活的不滿全發泄到我身上。

一天，我路過媽媽打工的餐館，決定進去看看媽媽。媽媽見到我的到來，真是喜出望外啊！也許是因為太高興，也許是因為太累，媽媽不慎跌倒了，手中的玻璃杯打碎了，鮮血從媽媽的手上滴了下來。可餐館老闆不但不關心媽媽的傷勢，反而責備她做事太粗心。媽媽強忍着淚水，不停地向老闆道歉。

在回家的路上，我難過地責問媽媽為甚麼那麼懦弱，忍受餐館老闆的辱罵。媽媽歎了口氣說：她好不容易才找到這份工作，不想輕易失去。只要我將來能有一番作為，她受再多的苦也是值得的……

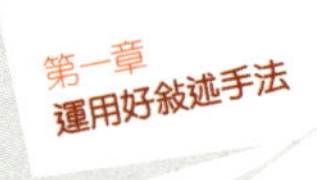

那一刻，我終於理解了媽媽的一片苦心。她不與爸爸爭吵，是以免我難過；她之所以嚴格要求我，是希望我將來能夠擺脫困境，過上好的生活啊！

- 文章採用插敘的手法。在敍述媽媽對“我”要求嚴格，而“我”感到非常不解的同時，插入了媽媽失手打碎玻璃杯導致受傷，卻還要忍痛捱罵的事件，表現出了媽媽為給子女創造條件而甘願受苦受累這種偉大的愛。
- 文章以媽媽的希望為線索。因為家境窮，爸爸脾氣差，媽媽要打工維持生計。為了使“我”有出息，媽媽對我的要求十分嚴格，而她自己卻一再隱忍退讓，委曲求全，是由於還有改善生活的希望。而媽媽的這個希望，就寄託在“我”身上。

秘密

何聰明

媽媽，在你的眼裏，我一直是個堅強的孩子：有淚不輕彈。可你卻不知道，在我堅強的背後，隱藏了好多好多的秘密……

那年畢業考試前夕，正全心備考的我突然感冒了。為了讓我早日康復，你冒雨去藥店給我買藥。可是，由於路面濕滑，你摔了一跤，腿都摔傷了。可你卻惦記着我，趕回來給藥我吃，還叮囑我先好好休息，病好了再認真復習，細心應考。在你的叮囑聲中，我把眼淚嚥進了肚子裏。

去年夏天，我參加學校的文藝匯演。匯演那天，你早早地端着數碼照相機坐在第一排，為我留下了最美好的瞬間。後來爸爸告訴我，那天正是你跟分散多年的好友聚會的日子，為此你期盼了好久好久，還特意約好了理髮師，準備了新衣服。但為了我，一向守信用的你對朋友爽約了。事後你只是淡淡地對我說，你與朋友之間的交往來日方長，而我登台的機會卻不多。媽媽，你可知道，那天晚上我一個人蒙在被窩裏流淚了？

媽媽，今天我向你坦白了一直埋藏在心裏的秘密。可這並不是由於我生性軟弱，而是因為在我的眼淚裏飽含着對愛的感激！

媽媽，我愛你！

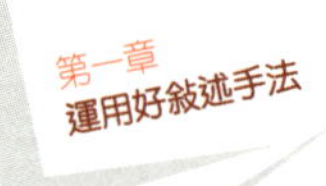

- 文章採用順敘的敘事方法，首先寫媽媽眼中堅強的“我”，再寫生活中“我”的“不堅強”，引起讀者的興趣。兩個小事件，說明了“我”的“不堅強”，在揭示“我”的“不堅強”的過程中又表現出了媽媽偉大的愛。
- 文章以“秘密”為線索。所指的秘密，是“我”表面上有淚不輕彈，實際卻經常流淚。作者以這為線索寫了兩件事，很好地表達了主題。

“婉約派”媽媽

李俊傑

媽媽是一名教師——人類靈魂的工程師。爸爸是一名建築工程師。俗話說：“一山不能容二虎。”這兩個“工程師”都想讓我達到他們各自理想中的境界，因此在教育我的問題上，難免有些小摩擦。

媽媽的教育方式屬於“婉約派”，即便是生氣，也只是和風細雨地為我剖析其中的利弊，苦口婆心地勸戒，最多也就是威逼利誘了。不過，總的來說，還是利誘居多。與媽媽的教育方式相反，爸爸的教育方式屬於“豪放派”，動不動就是暴風驟雨。不過，一般來說，在暴風驟雨來臨之前，早已經有媽媽擋在我的前面了，我也只不過是有驚無險。對我而言，更喜歡的當然是“婉約派”的風格。

這不，前不久，爸媽又為我追星這一問題爭論了起來。媽媽認為應該耐心疏導，把我對偶像的崇拜轉變為學習的動力，還說這是某位教育專家的理論。爸爸則認為媽媽依據的教育理論不科學，認為應該沒收我好不容易才收集起來的光碟。媽媽不以為然，極力爭辯。結果，爸媽把教育我的問題升級為對教育理論的爭論，我和我的光碟當然也就都安然無恙了。

哦，媽媽，你是我的“保護傘”！有了你的保護，我的生活才更加精彩！謝謝你，媽媽！

- 文章採用順敘的敘述方法，以輕鬆活潑的語言，寫出了爸爸媽媽在教育子女問題上的分歧，展現了媽媽和風細雨般的愛。
- 文中記敘了追星一事，並以此作為例證，豐富了文章的內容，將媽媽的愛表現得更為充分。在寫到這件事時，用了“這不”來過渡，使第二段順利地過渡到第三段。

冰糖雪梨羹

岑幸子

離畢業只有一個月了，考試迫在眉睫。一向爭強好勝的我不甘落後，每天爭分奪秒地溫習功課，準備在考試中小試牛刀。

然而事與願違，就在志在必得的時候，我偏偏病倒了。

嚴重的感冒使我每天咳嗽不斷，精神委靡。眼睜睜地看着考試日期一天天臨近，我心急如焚。母親更是焦慮萬分。為了盡快治好我的病，她四處求醫問藥。可各種各樣的藥丸吃了無數，卻收效甚微。

一天，母親從一位老鄰居那裏打聽來一個土方：將雪梨去皮切塊，加上冰糖一起煨成冰糖雪梨羹，吃了止咳效果明顯。母親顧不得土方是否真的有效，一回家便立刻煨給我吃。為了讓我睡個安穩覺，每天晚上我咳嗽醒來的時候，母親便悄悄起牀，為我煨熱冰糖雪梨羹，並端到我牀前餵我服下。每每看着燈光下的母親，我就滿心愧疚和感激。我知道，身為公司經理的母親白天終日忙碌，每天都累極了，總是在下班後才能休息一下。可現在為了我能早日康復，她卻毫無怨言地犧牲了自己夜晚的休息時間。

冰糖雪梨羹的效果果真如老鄰居所說。幾天之後，我的咳嗽就減輕了大半，母親臉上的愁容也終於煙消雲散了。

雖然好多了，但每天晚上臨睡前，母親仍會將一碗暖暖的冰糖雪梨羹端到我的面前。在繚繞的熱氣中，我依稀看見了母親那並不嬌媚卻充滿溫情的容顏，我也彷彿看見了考試的勝利在向我輕輕招手。

- 文章從畢業考試臨近，“我”專心備考卻患上嚴重感冒這一事件入題，通過詳細描寫母親病急亂投醫的焦急心情和半夜起牀為我煨熱冰糖雪梨羹的舉動，略寫“我”如何備考，來突出母親對“我”的關愛。
- 最後，文章以考試在即但“我”卻充滿信心結束，與開頭形成呼應，將濃濃的母愛貫穿整篇文章。

暖冬

廖麗麗

為了讓我接受更好的教育，在我十四歲那年深秋，媽媽決定讓我遠涉重洋，到加拿大去讀書。

臨行前的一個月，媽媽就開始為我準備行李。她裝了拆，拆了裝，恨不得把整個家都塞進我滿滿的行囊。我知道她放心不下，畢竟我要離開養育了我十多年的他們，開始獨立生活了。

在臨行的前一個星期，媽媽更是天天這樣對我說："推遲一天再走吧，媽媽還有點事情沒為你準備好。"言下之意是叫我 12 號才啟程，但我 11 號非上機不可，因為一切都已經安排好了。我了解媽媽的苦心。她大概是想多留我住一個晚上，因為這一別，也許是幾年呢。

一天晚上，我起牀方便時，發現媽媽臥室的門微開着，牀邊的台燈依然亮着。透過門縫，我看見媽媽正坐在牀上，手不停地為我編織着那件尚未完工的毛衣。媽媽太專注了，所有的注意力都集中在毛衣上，以至全然沒有發現門外的我。

在這一剎那，我終於明白了媽媽要多留我一個晚上的原因：那時的加拿大已經有些寒冷，她想連夜把毛衣織好，為我抵禦異國他鄉的寒風。

加拿大的冬天當然不會因為我的到來而藏匿它的風雪。然而，在那一年的冬天，我卻在媽媽親手編織的毛衣陪伴下，度過了一個暖冬……

- 文章一開篇就用交代式的開頭寫明事件發生的時間、地點、原因等，為後文的展開作好了鋪墊。而後以毛衣為載體，寫媽媽連夜為“我”編織毛衣的情景，使其承載了媽媽對“我”無盡的愛和“我”對媽媽深深的感激。
- 文章最後採用引申式的結尾方法，將加拿大冬天的寒冷和我內心的溫暖作對比，言有盡而意無窮。
- 文中的“臨行前的一個月”、“在臨行的前一個星期”、“一天晚上”、“在這一剎那”這些時間短句起到了銜接段落的作用。

矮媽媽

鄧祝均

也許是因為早年生活的艱辛，也許是因為遺傳的基因，媽媽的身材特別矮——不足一米五。媽媽不僅矮，而且特別胖，一走起路來，呼哧呼哧地直喘氣，簡直就像個不斷漏氣的圓球在地上滾動。

因為身高的緣故，我從來不讓媽媽去學校。那是因為怕同學們笑話我有個“矮冬瓜”媽媽。

一天下午放學後，我走出教室準備回家，卻意外地發現媽媽笑意盈盈地朝我走過來。頓時，我狼狽極了：“媽媽怎麼能在這個時候出現啊？同學們都在盯着我呢！他們一定在心裏笑話我了！”

我氣沖沖地往家走，顧不得空中下着淅淅瀝瀝的冬雨。媽媽追在我的身後，一路上不停地跟我解釋，說她來學校是因為看我最近氣色不太好，想跟老師請個假，帶我去醫院檢查檢查。媽媽高舉着手中的雨傘遮住我，大口大口地喘着氣，說話的聲音也斷斷續續。可我絲毫不顧及媽媽的行動不便，仍然大步大步地走着，只想盡快走離同學們的視線。

回到家裏，媽媽放下雨傘便進了廚房。不一會兒，她便端來了一碗滾燙的薑湯，說天氣冷，先讓我祛祛寒。就在這一刻，我猛然發現，媽媽身上的衣服已經被打濕了，而她卻好像渾然不覺……

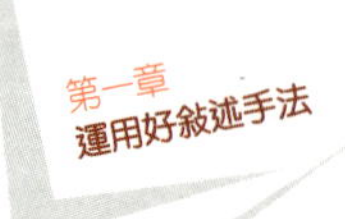

悔恨的淚水從我的眼睛裹淌了出來。淚光中，我似乎覺得媽媽的身影越來越高大了……

- 文章一開頭就運用描寫這一表達方式，寫媽媽走路的樣子，突出了媽媽身材的矮和胖。而後，採用順敘方法，記述"我"與媽媽由誤會到諒解的經過。
- 文中，將"我"對媽媽突然到來的憤怒與媽媽為給"我"擋雨而全然不顧自己的行為進行對比，表現了媽媽對"我"的寬容和愛。
- 文章最後以"我"淚光中媽媽的身影作結，既與文章標題形成巨大反差，又引申出一種更深刻的含義。

一雙手

何萬貫

早年，因環境突變，父母被迫放棄所有產業，從內地帶同六個子女移居香港。當時，家無分文，又舉目無親，可以說到了山窮水盡的地步。但母親和父親沒有絕望，說："我們還有一雙手。"

我們住在木屋區。雖偶有親友接濟，但由於母親堅持要自力更生，因此生活仍朝不保夕。當時，香港經濟環境不好，一般人找工作極之困難。母親和父親沒有一技之長，因此只能到工廠接一些塑膠玩具和飾物的零件回家組裝，賺取一些微薄的收入。為此，母親每天都要工作至深夜。因為是家庭式作業，所以所有子女都要參與。不知多少個寒冬的晚上，十一時了，我們做到精疲力盡，在不知不覺間睡着了，母親和父親仍在工作。早上七時子女們才起牀，母親和父親已在工作了。生活無論多艱難，我們從沒有聽過母親一句怨言。母親一直都在默默地用她的那一雙手辛勤勞作，日子也一天一天地好起來。

母親不但用雙手為自己、為子女、為家庭創造了奇跡，而且很欣賞那些用雙手為自己點燃希望的人，且經常接濟他們。記得住在木屋區的時候，左鄰右里都是窮人。有一個鄰居是個寡婦。她丈夫早死，幾個子女都由大埔聖基道兒童院代為撫養。她每天以收破爛為生，家徒四壁，又百病纏身，

生活苦不堪言。母親對子女說，這個寡婦靠雙手來經營生活，她沒有求人幫忙，很有骨氣。見她活得艱難，即使家裏經濟匱乏，母親也經常差遣我們送食物和少量金錢給她。母親還說，送東西給人家時要有禮貌，要尊重別人的感受。

一般人購物，多以就近方便為主，但母親卻不同。每逢購買日用品，她總是叫我們多走幾步，例如到路的盡頭、往橫街窄巷、去僻靜處，光顧那些門堪羅雀的店舖。初時，我們都不明所以。現在長大了，我們才明白母親的意思。她是在關懷弱小，用行動來支持那些“靠雙手來養活自己”的人。

母親這種“我們還有一雙手”的精神給子女樹立了很好的榜樣。我們耳濡目染，深受教育。

- 文章用順敘的方法，以一雙手為線索，寫了兩個層面的事情：一是寫母親如何用一雙手為自己、為子女、為家庭創造奇跡，使生活過得越來越好；二是通過列舉事例，寫母親很欣賞那些用雙手為自己點燃希望的人，寫母親如何接濟他們。
- 文章銜接自然，首尾呼應。

第二章

把“樣子”描寫出來

在寫作中，所寫對象的具體形象是甚麼樣子的呢？要使讀者知道寫作對象的樣子，就要進行描繪和刻畫。這種手法，我們稱之為描寫方法。成功的描寫，可以使你所描寫的客觀事物有聲有色，有形有神，從而給讀者以鮮明的印象和深刻的感受。

描寫在寫作中，特別是在記敍文等文體中，是最主要的表達方式之一。

描寫根據對象可分為人物描寫、環境描寫、場面描寫等；按描寫的角度劃分，可分為正面描寫、側面描寫等；按疏密程度可分為白描、細描等。以上按照各個不同層面劃分的描寫，經常要混合使用。比如說，在進行人物描寫的同時，有時會採用正面描寫和白描的手法。所謂“白描”，就是指抓住事物的主要特徵，並以簡潔的語言勾畫出事物形象的一種寫法。有時會採用細描法。細描是指對事物一筆一畫的精雕細刻，相對於白描，也可以稱為工筆。至於正面描寫、環境描寫等這些，當然也會摻和使用。正面描寫、環境描寫這些概念，人們容易理解，這裏就不詳說了。

總之，描寫的主要目的就是要具體地、生動地告訴讀者寫作對象的樣子，並通過各種描寫手法，使其達到不僅形似，而且神似的效果。

文　章	描寫類型	描寫方法	描寫特點
刀子嘴	語言描寫	白描	抓住主要特徵
"大將軍"媽媽	獨白語言描寫	借助修辭手法描寫	抓住主要特徵
我多想聽一聽媽媽的"嘮叨"	獨白語言描寫	比較描寫	抓住主要特徵
媽媽睡了	分散肖像描寫	比較描寫	抓住主要特徵
媽媽的"笑"和"淚"	整體肖像描寫	細描	形象逼真
大自然的胸懷	自然風景描寫	多感官描寫	形象逼真
我的媽媽一點兒也不醜	分散肖像描寫	比較描寫與借助修辭手法描寫結合	形象逼真
開門的習慣	習慣性動作描寫	細描	抓住主要特徵
霧	語言描寫	間接描寫	形象逼真
媽媽眼中的風景	分散肖像描寫	細描	形象逼真
母親節的母親	語言描寫	細節描寫	形象逼真
野生亞洲象的母愛	多種描寫手法結合	細描	抓住主要特徵

刀子嘴

“不要玩了，快點去洗手！準備吃飯！”媽媽又在廚房“下命令”了。可我正玩得高興，眼見着這一關就要過了，哪能停下來？

“聽見了沒有？快點下機！”媽媽在“吼”了！我咬咬牙，心裏默唸：“再給我一分鐘，我就要衝關了呀！”可媽媽已氣勢洶洶地衝了進來，二話沒說把線一扯，我眼前一黑：完了！我即將獲得的輝煌“戰果”灰飛煙滅了！

媽媽一邊數落一邊把我“轟”了出去。她的嘴巴像放連珠炮似的，一刻也不停地向我的耳朵發起了“攻擊”。我一言不發，面無表情地吃着飯。爸爸看不過去了，企圖“援助”可憐的我：“你讓孩子安安靜靜地吃完飯再說嘛，他還小……”爸爸的話才說到一半，就被媽媽兩道灼灼的目光給壓了回去。他只好脖子一縮，悻悻地說：“就當我沒說好了，孩子做錯了，是該受管教！”

媽媽勝利了，繼續不依不饒地說下去：“你看，都是你把孩子慣成這樣，把大人說的話都當成耳邊風……”

我心裏默默叫苦：“爸爸呀爸爸，你怎麼這麼沒有‘勇氣’？”

媽媽的嘮叨根本沒有盡頭。每每這個時候，爸爸和我都住了聲，默默地聽着這慷慨激昂的數落，靜靜地吃着飯。我

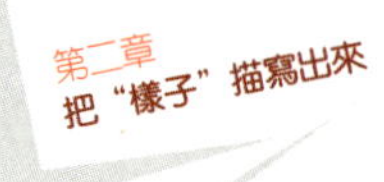

的耳朵早就習慣了媽媽的嘮叨。可它總是悄悄告訴我：媽媽雖然“兇悍”，可她是刀子嘴，豆腐心，嘮叨過後還是會給我們準備好吃的……

- 作者採用白描的手法，抓住特點，用簡潔的語言勾勒出母親愛嘮叨的特徵，如母親的“下命令”，“吼”，“氣勢洶洶地衝了進來”，“兩道灼灼的目光”……刻畫得栩栩如生。
- 結尾處作者巧妙地說出在母親愛嘮叨的外表下，隱藏着一顆拳拳的愛子之心，突出了母愛的主題。

“大將軍”媽媽

鄧志堅

在我幼小的心靈裏，媽媽就是一個不苟言笑的“大將軍”。她不會像其他媽媽那樣陪孩子一起做遊戲，跟孩子講故事，更不會安慰孩子。即便我和小朋友發生爭執，受了委屈，媽媽也一聲不吭，好像事情根本就沒有發生過一樣。我傷心極了，常常一個人躲在小房間偷偷垂淚：“我是不是媽媽撿來的？為甚麼她一點兒也不愛我呢？”

媽媽脾氣剛硬，好像大將軍一樣，誰也不能違抗她的“命令”。媽媽對我奉行的是“軍事化管理”，早上一定要在六點半起牀，五分鐘之內洗臉漱口完畢，隨後跟她一起去晨跑，風雨無阻。“軍令如山倒”，我絕對不敢違抗。慢了一點兒，她的一聲“快點！”，會把我嚇得腳都發軟。

有一次，我看到媽媽在爸爸的照片前默默流淚。我覺得奇怪，便躲在一旁偷偷地看。誰知過了一會兒，她竟然拿出我的成績單來給“爸爸”看，嘴裏還在數叨：“你可以放心啊！女兒我照顧得很好，成績很棒，也很聽話。她像你一樣堅強，將來一定會好好完成你沒有完成的事業……”

媽媽的良苦用心我這才明白。她之所以要我接受那麼嚴格的訓練，吃那麼多苦，是為了讓我像爸爸一樣，做一個正義、勇敢的警察。媽媽原來是在用另一種方式偷偷地“愛”着

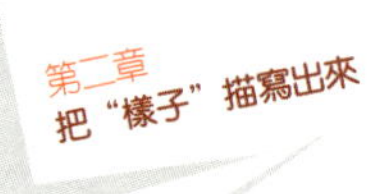

我呀，看來我不是媽媽撿來的野孩子！我如釋重負，竟然笑出了聲。

- 這篇文章借助修辭手法，抓住“大將軍”的特點，記敍了一位嚴母教子的故事。
- 開頭作者這樣用獨白語言描寫道：“我是不是媽媽撿來的？為甚麼她一點兒也不愛我呢？”接着作者採用了修辭手法，誇張地寫道：“慢了一點兒，她的一聲‘快點！’，會把我嚇得腳都發軟”，把一位嚴母的形象刻畫得靈活生動。

我多想聽一聽媽媽的“嘮叨”

高永安

身邊的同學都為自己的媽媽整天絮叨而心煩。但是，當他們用抱怨的口吻談起媽媽的嘮叨時，我卻感到他們是多麼的幸福啊！我常常想，如果媽媽能夠對我說上幾句嘮叨的話，那該多好！

媽媽已經永遠地離開了我。聽外婆說，媽媽是一個身材窈窕，心地善良的人，鄰居都很喜歡她。媽媽身體本來就不太好，加上生我時是難產，所以生了我之後，媽媽的身體變得更加虛弱了。由於不放心把我交給別人帶，所以即使身體再差，媽媽也堅持親自帶我。那時，我很愛哭鬧。她就用自己的臂彎做成一個舒適的搖籃，輕輕抱着我，溫柔地哼着小調，搖啊搖，搖啊搖……直到我微笑着睡着了，她才疲倦地躺下。

外婆回憶說，媽媽怕我還沒有長大，她就到天國去了，所以總是擔心地看着我，自言自語，默默流淚。她說了甚麼？是像別的小朋友的媽媽一樣，告訴我過馬路要注意安全嗎？是叮囑我飯前要洗手嗎？還是要求我認真學習？……

媽媽溫柔的愛，我竟然一點兒都不記得了。媽媽對我說過的那麼多的話，我竟然完全忘記了。我真的很沒用，為甚麼連一兩句都沒有記住呢？

我想，如果媽媽還在我身邊，我一定會為有她在絮絮叨叨而感到幸福，而不是心煩。因為，那每一句嘮叨，都是媽媽愛的流露啊！

- 作者採用了比較描寫的手法，抓住母親溫柔的特點，來寫這篇文章。
- 一開始，作者通過寫別的孩子因為母親的絮叨而煩惱，從反面襯托出"我"對母愛的渴望。隨後，作者通過外婆的回憶，體現了母親的溫柔和善良，襯托出"我"多麼想聽一聽母親的"嘮叨"。
- 最後，文章通過把身邊同學的心煩與"我"的"而不是心煩"進行比較，在期待和回憶中渲染出了一片濃濃的母愛。

媽媽睡了

伍家才

噓！媽媽睡了，輕點兒聲！

屋子裏靜悄悄的，媽媽睡熟了。她的呼吸好均勻啊，臉上還帶着微微的笑。是啊，媽媽好久沒有這樣輕輕鬆鬆地睡上一個好覺啦！自從奶奶生病住院以後，媽媽就像一個不停旋轉的陀螺，沒有歇息過一刻。晚上奶奶睡着了，她還要幫忙看着打點滴，叫護士來換藥。奶奶的病終於好了，可是媽媽卻累壞了。她的臉瘦了一圈，看着真讓人心疼啊！

媽媽就是這樣的一個人。我想起平日裏媽媽總是教導我們"早睡早起身體好"，可是她為了使生活環境更好一些，每天都工作到很晚。她只知道沒完沒了地嘮叨"要吃得好一點，身體才會健康"，可是家裏的好菜或營養補品她總是吃得最少。媽媽總是把我們打扮得像一隻隻美麗的花蝴蝶，給爸爸買名牌西裝，卻不捨得買貴一點的衣服給自己。

媽媽照顧好了家裏的每一個人，為我們操碎了心，可是對待自己，為甚麼就這麼"苛刻"呢？有次問起這個問題，媽媽就笑着回答説："等你也做了母親，你就會明白了。因為，天下的媽媽都是一樣的。"我心想，"一樣的"講的就是天下所有媽媽的心，都是偏向別人，忘了自己吧？

媽媽，你太累了，好好歇歇吧！

- 這篇文章採用了比較描寫，即反襯的手法來表現母親的勤勞。從母親睡着了開始寫起，第二段第二句用的是分散肖像描寫，講母親的呼吸怎樣、臉上怎樣，用睡眠襯托出母親的辛苦和勞累。
- 文中通過寫母親一系列看似“矛盾”的行為，如“我想起平日裏媽媽總是教導我們‘早睡早起身體好’，可是她為了使生活環境更好一些，每天都工作到很晚……”等反襯出母親對我們的濃濃深情。
- 文章結尾部分，作者用“媽媽，你太累了，好好歇歇吧！”一句簡單而感人的話來表達對母親的深深感激。文章首尾呼應，結構完整。

媽媽的“笑”和“淚”

邵三星

最近一年多，媽媽與醫院結下了“不解之緣”。每個週末我都要和爸爸一起去醫院陪媽媽。

媽媽的病總不見好轉。她的臉越來越瘦了，顴骨高高聳起，眼睛卻顯得格外的大，好像整張臉只有眼睛一樣。我摸着媽媽的手，這雙原本美麗修長的手這時竟瘦得像冬天的枯樹枝一樣。我的眼淚忍不住掉在媽媽的手上。她從睡夢中驚醒，勉強地笑着，説：“偉偉，別擔心啊，媽媽一定會好起來的！媽媽還要帶你去遊樂場玩呢！”我看見媽媽的臉上綻放出難得的笑容，心裏也很高興，轉眼間就把不愉快的事情給忘了。

媽媽忍着痛，從不呻吟，卻總是忍不住要“多管閒事”。我的成績在班上已算不錯，可是她卻喜歡挑剔我犯下的一點點過錯，字寫得潦草啦，算術馬虎啦……翻來覆去地嘮叨。説多了，她又累得喘成一團。我又心疼又生氣，別過臉去不理她了。不料堅強的媽媽卻流淚了：“偉偉，別生媽媽的氣啊！媽媽知道你很努力了，可是媽媽看到你粗心犯錯，心裏着急啊！你想，如果醫生也像你一樣粗心，一點小錯誤都可能出大事的呀！……”我的眼睛濕潤了，向她保證我再也不粗心了，媽媽才躺下歇息一會兒。

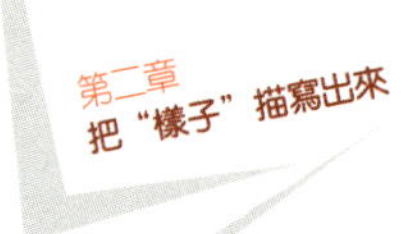

媽媽連做手術那麼痛都不哭，勸我認真學習時卻流下了眼淚，恰恰說明她很緊張我啊！我愛我的好媽媽！

- 作者採用了細描的手法來描寫母親的整體肖像。作者刻畫重病中母親的形象時，描寫得非常細膩逼真："她的臉越來越瘦了，顴骨高高聳起，眼睛卻顯得格外的大，好像整張臉只有眼睛一樣。"……作者通過這些描寫表現出母親身體的極度虛弱。
- 文章寫到，在這種情況下，母親還"笑着"安慰我，"哭着"勸我認真學習，母愛的偉大就在"笑"與"淚"中表現得淋漓盡致。

大自然的胸懷

伍家謙

春天悄悄地臨近了。溫柔的風整日在耳邊呼喚，催我們脫下笨重的棉衣，離開封閉的屋子，到郊外去踏春。我和媽媽在這樣一個和暖的春日，早早地準備了麵包和水，興致勃勃地朝郊外走去。

在大自然廣闊的懷抱裏，媽媽也變成了一個活潑好動的孩子。我們嗅着春風中攜帶的花香，忘乎所以地唱着、跳着，引來路人驚異的目光。

媽媽笑着往前方跑去。突然，她停下來，鼻子慢慢地靠近一朵粉紅色的小花，忘情地嗅着，像一條……哈哈，貪婪的小狗！媽媽聽了，一點都不介意，反而爽朗地笑着說："在大自然的懷抱裏，我們就是小狗啊！我們還是螞蟻，是鳥兒……因為我們都是大自然的孩子。大自然才是真正的母親，它用它那寬大的胸懷養育着我們——地球上所有的生靈。"我看着眼前青翠的一切，深有同感。媽媽感慨地説："大自然——我們人類的母親，它的胸懷最博大！它不要求任何回報，永遠只是竭盡所能地給予……"

媽媽的話引起了我的沉思。極目所見，左邊的大海，右邊的青山……這不都是大自然賜予我們的禮物麼？這位偉大的母親，它的胸懷多麼廣闊啊！

- 這篇文章一方面通過多感官的描寫方法，包括嗅覺、聽覺、視覺、感覺等，對自然風景進行描寫，描寫出春天欣欣向榮的景象，襯托出人物愉快歡欣的心情。另一方面，作者通過對母親語言的描寫，“大自然——我們人類的母親……”，反映了大自然的母愛。
- 文章獨闢蹊徑，寫出了別樣的“母愛”。

我的媽媽一點兒也不醜

彭大樂

有一段時間，我很討厭我的“醜八怪”媽媽。她臉上那塊暗紅色的大疤看起來好嚇人。雖然其餘部分的皮膚細皮嫩肉的，可這剛好跟大疤形成強烈對比，看上去就好像媽媽有兩張臉。

媽媽很愛我，有事沒事都喜歡找着我講話，把那些說過很多遍的話翻來覆去地說，真是讓人煩透了。我呢，不僅不感激她，還躲着她，生怕同學看見她和我在一起，丟我的臉。

直到有一天，爸爸告訴我媽媽臉上的疤是怎麼回事，我才改變了對媽媽的看法。爸爸嚴肅地說：“你一歲半的時候，家裏失火了，我和你媽媽本來都可以及時逃命的。當時，我已經衝出去了。可是她為了你，又衝進嬰兒房，把熟睡的你救了出來，她卻被燒傷了。我是個自私的人，你該討厭的人應該是我呀！你媽媽曾經是個非常美麗的女人，現在她在我眼裏仍然美麗……”我驚呆了，只感覺到鼻子酸酸的！

從此，媽媽在我的眼裏，不再是一個有疤的醜女人，而是世界上最偉大、最漂亮的母親。她那塊暗紅色的疤變得非常可愛，好像一朵美麗的花，連媽媽那翻來覆去講的話也變成了世上最美妙最動聽的音樂。因為，媽媽可以為了我而不顧自己的生命，我還有甚麼理由不愛她呢？

- 這篇文章寫了孩子從討厭到喜歡媽媽的故事。一開始，作者一筆一畫地刻畫媽媽的形象，把媽媽說成是一個“醜八怪”。“她臉上那塊暗紅色的大疤看起來好嚇人。雖然其餘部分的皮膚細皮嫩肉的，可這剛好跟大疤形成強烈對比，看上去就好像媽媽有兩張臉”，這裏用的是比較描寫和誇張的修辭手法。
- 當了解到媽媽臉上傷疤的由來後，作者心中充滿了悔恨和感激，媽媽的形象也發生了改變：“她那塊暗紅色的疤變得非常可愛，好像一朵美麗的花”。文章寫得形象逼真，寫活了一個媽媽的形象。

開門的習慣

羅美福

自從媽媽和她的同事旅遊去了，家裏就沒有了生氣，無聊透了。我真希望媽媽早點兒回來。

平時媽媽在家的時候，我可一點兒都不想念她，放學了還經常跟同學玩到很遲才回家。每當遲回家，媽媽總會不高興地“盤問”我，問清楚了又再三叮囑我今後一定要早點兒回來。我呢，總是把她的話當成耳邊風，聽完了，應一聲，第二天還是“外甥打燈籠——照舅（舊）”！

不過，這次媽媽出門出得久了，我倒挺想念媽媽了。我每天早早就回家，期盼能夠一回家就看見媽媽在等我。而失望就像是希望的孿生姐妹，總是在充滿期待地打開門的那一剎那出現：家裏並沒有媽媽的身影。我又一次失望了。可能是由於過於思念媽媽，我總覺得門口隱隱傳來媽媽的腳步聲。我奔過去，來不及透過“貓眼”往外看，已歡天喜地地一面喊着“媽媽，媽媽”，一面旋動把手，把門打開。可是，除了放進來一些寒冷的空氣，就甚麼收穫也沒有。失望了一次又一次，連爸爸都覺得有些受不了了。他説：“你這孩子怎麼回事？跟你媽似的，沒事老去開門幹甚麼？”

我詫異地問爸爸：“媽媽也是這樣經常去門口看看的嗎？”

爸爸笑着說："說不定這喜歡開門的習慣還真是有些遺傳因素的呢！你媽呀，總說聽到門口有你的腳步聲，於是動不動就跑去看看。"

爸爸說完，我恍然大悟。原來媽媽總是想着我，盼着我回來，所以才會幻聽到我的腳步聲，就跟我現在幻聽到她的腳步聲一模一樣。人家常說"母子連心"，其實都是放不下一顆牽掛的心啊！

- 作者採用了細描和襯托相結合的方法來表現母愛的主題。首先，作者採用反襯的方法，通過寫媽媽不在家的"無聊"來襯托媽媽在家的可貴，突出對媽媽的思念。接着，作者通過對"開門"這個細節習慣性動作的描寫，"我奔過去，來不及透過'貓眼'往外看……"，表現出"我"有多思念媽媽。
- 爸爸的話讓作者明白到，原來媽媽和"我"一樣，每天都在不斷的"開門"中盼望對方回家。母子二人那開門的習慣，都是對對方深深的牽掛的體現！

霧

孫麗茵

清晨，迷茫的大霧籠罩着天地，把周圍的景物裝扮得有如蓬萊仙境一般。

我走進院落，站在這濃得化不開的霧中，高興地喊叫着："媽媽，你快來看，樹枝兒都哭啦！"

媽媽剛好做好早餐。她邊解圍裙邊說："傻孩子，樹怎麼會哭呢？別瞎說了，早餐做好啦，快來吃！"我不依不饒地問媽媽："媽媽，你說，如果這不是樹枝的眼淚，那是甚麼？"

媽媽笑了，擰了一把我的小臉蛋，疼愛地說："我的寶貝要考媽媽啦？這是霧珠呀！"我開心極了，正好考考媽媽："那你知道霧珠是怎麼形成的嗎？"媽媽遲疑着說："我嘛，只知道霧是由空氣中的水分遇冷凝結而成的，至於……"

見媽媽結結巴巴說不下去，我心想："哈哈，媽媽也有'黔驢技窮'的時候！"於是一口氣接了下去，迫不及待地說："小水珠與空氣中的塵埃結合，遇到了冷空氣，飽和之後，就會凝結成大霧以及樹枝上的霧珠啦！"

媽媽笑着說："我的寶貝女兒真聰明，懂得真多！"我得意地笑起來。不過，我突然發現媽媽的笑是那種壞壞的笑。呀，我上了媽媽的"當"了："這個知識點不是媽媽告訴我的嗎？我怎麼反過來拿來考媽媽啦？"

我不好意思地笑了起來。媽媽也笑着説：“別磨蹭了，趕快吃完早飯上學去吧！”

霧漸漸化開了。在媽媽的催促聲中，新的一天開始了。

- 這篇文章主要以語言描寫為主，如“媽媽，你快來看，樹枝兒都哭啦！”等等。另外還有行動描寫，如“媽媽笑了，擰了一把我的小臉蛋”，心理描寫如“哈哈，媽媽也有‘黔驢技窮’的時候！”等。將多種描寫方法相結合，細膩生動地刻畫出了母女間其樂融融的生活場景。
- 值得一提的是，文章表面上寫霧、霧珠的形成，實際上是要間接描寫媽媽對“我”的栽培，經常給“我”傳授知識，從而表現了媽媽很關心子女的將來。

媽媽眼中的風景

嘉嘉

媽媽閒着的時候，常常默默地看着我，而且看得出神。

有時候，我正在看電視，猛一回頭，發現媽媽沒有看着電視，而是凝視着我。現在想來，她的眼神是多麼柔和啊，簡直像深邃夜空裏閃爍的星星。可當時我一點都不理解，心裏還多多少少有些不高興。我用手語問媽媽："媽，我背部是不是有甚麼髒東西？你幹嘛老是看着我？"媽媽的眼裏盈滿了笑意，用手語回答說："沒有啊，我的寶貝女兒長得像朵花兒，媽媽越看越喜歡！"

媽媽就是這樣。算了，看就看吧，反正看看又沒有甚麼損失。

一次，媽媽住院了。爸爸從醫院看媽媽回來時，捎來她的"口信"說，她在醫院裏打點滴的時候，由於無聊得很，於是就望着白色的牆壁，仔仔細細地回想我的樣子。媽媽還"叮囑"爸爸，叫我有空的時候一定要去醫院看看她……

我也思念媽媽了，於是抽了個時間到醫院裏去看望媽媽。她的容顏非常憔悴，可是她一見到我，枯澀的眼睛裏頓時充滿了神采。我知道媽媽手上插着針管，此刻不方便用手語，於是就用手語比劃給她看："媽媽，等你好了，我就帶你出去看風景。"媽媽的嘴角綻放着美麗的笑容。她的另一隻手飛快地比劃着："女兒，你就是我眼裏最美的風景……"

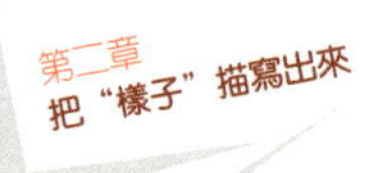

- 這篇文章寫了一個啞巴母親和女兒的故事。作者通過襯托的手法反映了“我”心理的變化過程，開頭寫母親的“怪癖”，實際上是為了反襯母親那深沉的愛，結尾寫母親的話語，則從正面襯托出了母親對女兒的愛。這種欲揚先抑的寫法使文章顯得曲折動人。
- 此外，作者通過細描的手法，寫活了母親的眼神。如“她的眼神是多麼柔和啊，簡直像深邃夜空裏閃爍的星星”等，較好地刻畫出了一個愛女心切的母親形象。

母親節的母親

鍾美貝

我們家裏有兩個馬大哈，一個是媽媽，一個是我，號稱“大馬”和“小馬”。平時，我們倆沒少鬧笑話。不過，“大馬”雖然平時大大咧咧，可是到了關鍵時刻，還是心細如髮的。

今年母親節那天，一大早，媽媽就叫我起來，去花店買康乃馨。我正睡得迷迷糊糊，以為媽媽是叫我去取牛奶，於是撒嬌說：“不去不去，我再也不喝牛奶了！”媽媽生氣地說：“你這個沒記性的傢伙，今天是母親節啊！”我一驚，睡意全無，睜大眼睛說：“‘大馬’，今天是你的節日嘍，哈哈，祝媽媽節日快樂！”媽媽消了氣，笑着說：“好啦，快起來，等下我去請外婆和奶奶過來吃飯，你幫我把東西準備一下。”

我爬起來，按照媽媽的吩咐去做。可是做了一半，又覺得有些不對勁，於是我問：“媽媽，今天是你的節日啊，你為甚麼不好好休息，反而請外婆和奶奶來家裏吃飯，弄得自己忙不過來？”媽媽聽了，又好氣又好笑。她皺着眉頭說：“傻孩子，母親節是天下所有母親的節日呀！我是你的媽媽，外婆呢，就是我的媽媽，奶奶呢，是爸爸的媽媽，所以……嘿嘿，我們要一起過一個快樂的母親節！”

“對啊，對啊！”我拍拍腦袋，連聲誇讚媽媽，“‘大馬’英明！”媽媽咧着嘴，開心地笑了。

- 這篇文章寫的是一對母女邀請奶奶和外婆一起過母親節的故事。作者要寫母親的細心，卻從她是一個“馬大哈”開始寫起，反襯出母親對待上一輩母親的認真態度。
- 此外，作者通過細節描寫的手法，把兩人的對話場面寫得生動活潑。如“媽媽聽了，又好氣又好笑。她皺着眉頭說……”，“我拍拍腦袋，連聲誇讚媽媽……”，把母女二人“馬大哈”的性格特徵表現得活靈活現，令人忍俊不禁。

野生亞洲象的母愛

高才俊

雨季來臨了。天空好像撕裂了一個口子，大雨不停地向下潑。雨季是一年的好日子，所有的野生亞洲象幼崽都在這個季節出生。雨伴隨着牠們一起成長，可也是牠們遇到的第一個威脅：瘧疾會輕而易舉地要了一頭幼年亞洲象的生命。

一頭成年母象在公路邊逡巡。牠用悲傷的聲調呼喚着一頭躺在地上的小象。牠一直守候在小象身邊，不吃不喝已經有三天了。母象不停地用長長的鼻子捲起軟成一團的小象，想讓牠爬起來，再看媽媽一眼。只要小象還能站起來，牠就還有生還的希望。可是小象的身體已經冰冷了。大雨毫不留情地打在母象身上，可牠沒有絲毫退縮，低低地呼喚着小象，像在和牠說悄悄話。牠所屬的象羣在附近等候了牠三天，如果母象再不離開，整個象羣就會遇到危險。一頭公象向牠發出了呼喚，要求牠盡早回到隊伍裏去。母象被悲傷壓得透不過氣來。牠還在作最後的努力，希望小象能夠睜開眼睛，能夠站起來……

第四天夜晚，母象最後一次捲起小象，結果牠又一次跌落在地。母象作了一個母親所能夠作的全部努力，仍然無法挽回小象的生命之後，失望地離開了。不久，在遠方的叢林裏傳來了一陣陣淒厲的象的叫聲。那聲音在綠得發亮的叢林間久久迴盪，像一曲哀哀的輓歌，訴說着無法彌補的傷痛……

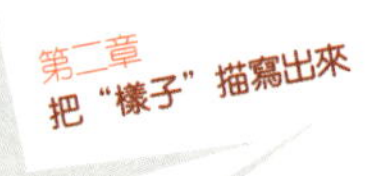

- 這篇文章寫的是野生亞洲象試圖挽救病逝幼崽的故事。開頭部分，作者通過對雨季中景物的描寫，襯托出亞洲象幼崽出生初期環境的險惡。
- 接着，作者將多種描寫手法相結合，通過母象的"語言"描寫——"低低地呼喚着小象，像在和牠說悄悄話"；牠的動作描寫——"母象不停地用長長的鼻子捲起軟成一團的小象"；還有牠的"心理"描寫——"母象被悲傷壓得透不過氣來"，細膩生動地再現出母象與幼崽難捨難分的情景，讓我們真切地感受到了母愛的真摯和偉大。

第三章 話要說得明白

說明，是從事物的形態、性質、特點等方面解說事物，通過如實講解的方法闡明事理的一種表達方式。它的特點是“說”，即解說、講解。

各種說明手法在各種體裁的文章中得到廣泛的運用。主要的有解釋說明、定義說明、舉例說明、分類說明、比喻說明、比較說明等等。解釋說明是對某事物作出具體而詳細的解說，讓讀者對它有深刻認識的方法。定義說明是用簡要的文字對事物或概念作確切的說明的方法。舉例說明是舉出有代表性的例子去印證自己的解說的方法。在一般情況下只舉一個例子，有時則要列舉兩個或兩個以上相類似的例子，後面的例子是為了加強文章的力度或補充前面例子分量的不足，以達到使文章更有說服力的效果，這種方法叫做並列法。引用說明是引用有關文獻記載、資料、故事、名言以至俗語、諺語等作為說明依據的方法。比較說明是通過對兩種或兩種以上有關的事物進行比較，以突出事物間的異同，加深讀者對事物的認識的方法。分類說明是將一種事物分做若干類別和不同方面，分別加以說明的方法。比喻說明是利用兩種事物之間的相似點作比喻，藉以突出作者所要說明的事物或事理的特點的方法。文章的評語，已列舉了各種說明方法的生動事例。除此以外，還有數字說明、圖表說明等方法，但在本章文章中較少被使用。

說明方法要求語言簡潔平實，不尚華麗誇飾。本章的文章以記敘文或抒情文為主，當中需要說明的對象是活生生的人而不是靜止的物，但在語言風格上也具有上述特點。

文　章	運用說明方法的地方	所要說明的問題	主要運用的說明方法
記憶裏的第一件事	第二段	媽媽是孩子記憶的源泉	舉例說明，並列法
我的第一位老師	全文	母親的言行深深地影響着“我”	舉例說明，並列法
媽媽吃素	全文	媽媽的愛是一種博大的愛	舉例說明
天氣預報迷	結尾	“迷信”背後是一顆牽掛的心	引用說明
失而復得的愛	開頭	同樣是繼母，可以有天淵之別	比較說明
三春燕	倒數第二段	母愛不應受到傷害	引用說明
愛聽我呼吸的人	第二段	睡眠	定義說明
母親的“緊箍咒”	開頭	“緊箍咒”	解釋說明
母親的心	第五段	母親的心	比喻說明
母親的笑容	開頭	母親是個和藹開朗的女性	解釋說明
蝶變	結尾	媽媽給了“我”前進的動力	比喻說明
小花棉襖	開頭	“我”和母親心貼心	引用說明

記憶裏的第一件事

錢二富

有人問我："你記憶裏的第一件事是甚麼？"我想了想，竟然答不出來。

為了找尋答案，我讓媽媽把我以前的照片翻出來。媽媽是孩子記憶的源泉。拿起照片，一眼就看到了我出生不久的樣子。呀，如果不是媽媽告訴我，我還真不敢相信這個皮膚紅紅，滿臉皺褶的小老頭就是現在的我呢！接下來，我看到一週歲時媽媽讓我穿着小肚兜的照片。那時，我太胖了，腿就像藕節一樣，肉鼓出來，一截一截的。媽媽笑吟吟地站在我身邊，用手扶住我。兩歲時的照片，我雙手掛在媽媽的脖子上，用紅嘟嘟的小嘴親她的臉頰。我的嘴噘得高高的，媽媽把臉貼過來，眼睛笑得瞇成了一條縫。三歲時的照片……

我把小時候的照片差不多翻了個遍，每一張照片裏都有媽媽的身影！

媽媽一邊陪我看照片，一邊笑着回憶過去的點點滴滴。我看着她陶醉的樣子，心裏有了一個主意。我偷偷地湊過去，趁媽媽不注意，響亮地親了她一口。媽媽的眼睛笑瞇瞇的。她故意不高興地說："你這個調皮的小東西！"我蹦着跳着，一邊跑出去一邊開心地大聲叫着："我找到答案啦，我找到答案啦！我記憶裏的第一件事，就是和媽媽在一起！"

- 這篇文章講述了一個追尋記憶源頭的小故事。在第二段，作者運用了舉例說明的並列法，通過看照片，例舉了母親與“我”共同度過的點點滴滴，來說明這樣一個道理：媽媽是孩子記憶的源泉。

我的第一位老師

文英才

媽媽是我的第一位老師。她的一言一行，深深地影響着我。

媽媽是一個勤勞的人。爸爸去世得早，她一個人經營着一間小小的商舖，既是老闆也是雇員。每天早上起來安排好我們的早飯，自己匆匆扒一口之後，她就騎着電單車出發了，進貨、點貨、賣貨……媽媽早出晚歸，回家後還要安排我們兄妹的茶飯。在她的影響下，我很小就學會了洗衣、煮飯，默默地幫媽媽分擔一些家務。

媽媽是一個堅強的人。我每每看着媽媽憔悴的面龐，稚嫩的心就不由得隱隱作痛，常常躲到沒人的地方暗自流淚。有一次，媽媽發覺我偷偷哭泣，走過來用粗糙的手揩乾我的眼淚，微笑着說："傻孩子，媽媽還年輕，你怕甚麼呢？媽媽一定會把你們都培養成人，不會給你們爸爸丟臉的！"媽媽堅強的笑容給了我面對困難的勇氣。她用樸素的言語告訴我永遠都不要喪失信心，要堅強地走下去，生活才會越來越好。

媽媽還是一個自尊心很強的人。她遇到經濟上的困難，從來不向家境優裕的舅舅伸手，總是默默地挺過去。她用自己勤勞的雙手為我們，也為自己贏得了做人的尊嚴。

媽媽告訴我的，都是一些樸素的道理——“勤能補拙”、“笨鳥先飛”……她是我人生的第一位老師，她的一言一行是最好的教材，滲透到我的靈魂深處。我會一直記住媽媽的教導，做一個自強自立，有益於別人的人。

- 這篇文章通過回憶與母親共同度過的歲月中的三件事，表現了母親對孩子的巨大影響。
- 作者運用了舉例說明的並列法，通過舉不同的事例，展現了母親性格的不同側面，說明了這樣一個道理：母親是孩子的第一位老師，她的一言一行深深影響着我。文章語言平實。

媽媽吃素

梁靜嘉

媽媽的愛是一種博大的愛。她把愛分成很多很多份，分灑給身邊的每一個人……

正月初一，媽媽準備了一大桌子好菜"犒勞"我們。可她卻另外做了幾樣清淡的素菜，和奶奶在另一張小桌子上吃。弟弟歡天喜地地呼喚媽媽："今天的菜好豐盛啊。媽媽，你別吃素了，來跟我們一起吃呀！"爸爸也勸她："你也過來吃一點嘛，今天是過節呢！吃完了，全家一起去看花燈！"我也附和着勸媽媽多吃一點好東西。媽媽不為所動，微笑着看着我們，說："別等我，你們多吃些。我陪奶奶一起吃好了。"

我邊吃邊想，媽媽為甚麼要這樣做呢？她真正的身份是基督徒啊！她怎麼會陪信佛教的奶奶吃素呢？真搞不懂，媽媽怎麼會信兩個宗教！

吃完飯，我迫不及待地偷偷去廚房問媽媽："媽媽，為甚麼你又信基督，又吃齋呢？"

媽媽把手放在嘴唇上，往外看了一眼，小聲地說："噓，別讓奶奶聽見了！"我壓低了聲音。媽媽用"唇語"說："如果讓奶奶一個人吃素，我們都吃葷，奶奶會覺得孤單啊！我們應該多考慮一下奶奶的感受，不是嗎？"

我恍然大悟，難怪平時媽媽總是叮囑我們要多站在別人的立場上想一想。媽媽真是一個細心的人，媽媽的愛真是博大啊！

- 這篇文章使用了舉例說明的方法，通過一件小事寫出了“媽媽的愛是一種博大的愛”。首先，過春節，媽媽為甚麼要吃素？其次，媽媽是基督徒，為甚麼吃素？這些疑問引起了讀者的好奇心。作者通過媽媽的話揭開了謎底。原來，媽媽是考慮到奶奶的感受，才跟奶奶一起吃齋的。媽媽的言傳身教，讓孩子體會到了“多為別人着想”這個道理。
- 文章首尾呼應，結構清晰完整。

天氣預報迷

歐如娟

新聞後，照例是天氣預報，電視節目一直這樣安排的。天氣預報時，誰也不許打擾媽媽，我家一直這麼規定的。

媽媽是個天氣預報迷。她總是很認真地記住第二天的溫度是多少，風力幾級，紫外線指數……那個緊張的樣子，就像小學生溫習功課，準備應對老師提問一樣。我和爸爸經常笑她"迷信"天氣預報。可她卻不顧我們怎樣說她。只要聽到預報說有大風或者下雨，她第二天一定會早早起牀，不管天色怎樣晴朗，都會給我和爸爸準備好衣服和雨傘，並且非要我們帶上不可，否則不依不饒。說句實在話，媽媽這樣"迷信"也有她的好處。天氣就像一個調皮的孩子。有時，我們早晨起來，看見碧空如洗，心想這肯定是個好天氣。可沒等我們上幾節課，窗外就是雨水的世界了。看着其他同學手足無措的樣子，我不由得佩服起媽媽的"英明決策"來。

媽媽說，她喜歡看天氣預報是因為受到外婆的影響。外公是船員，海上的風浪總是牽扯着她的心。一旦天氣預報說海上風浪大，外婆就會急得吃不下，睡不着。直到遠遠看見外公朝家門走來的身影，她才能安心。

"樹有根，水有源"。其實，在外婆與媽媽的"迷信"背後，都是一顆牽掛的心啊！

- 文似看山不喜平。這篇文章寫母愛，卻沒有採用千篇一律的寫法，而是另闢蹊徑，通過舉出媽媽愛看天氣預報這個例子，生動地刻畫出了一個時刻惦記着孩子冷暖的慈母形象。
- 其次，通過運用引用說明，引用“樹有根，水有源”這一俗語，交代媽媽愛看天氣預報的背景，指出了外婆和媽媽兩代人的共同之處，揭示出“‘迷信’背後，都是一顆牽掛的心”這個深層次的主題。

失而復得的愛

關達仁

同樣是繼母，可以有天淵之別。別人都說繼母是惡婆娘，甚至是魔鬼的化身。可在現實生活中，我的繼母就是我可親可敬的媽媽。

然而，繼母剛嫁到我家時，我一點兒也不能接受她。她說東，我就說西，她叫我吃飯，我偏喝湯。我常常把自己關在小房間裏，為故去的親媽偷偷抹眼淚。

繼母沒有把我的"反抗"放在心上。她怕我悶壞了，給我買來一隻活潑可愛的小狗，為我排憂解悶。可是爸爸不喜歡狗，沒多久就把牠送人了。剛剛快活起來的我，很快又陷入了苦澀的日子裏。

有天中午，繼母去菜市場的時候，發現菜葉子上有兩隻小蝸牛。她靈機一動，把這兩隻淺紅色的小蝸牛當寵物帶了回來，讓我好好養着。養蝸牛所佔的空間小，又悄沒聲息的，因而爸爸知道了沒說甚麼。哈哈，終於順利通過爸爸這關啦！我高興得不得了，第一次對繼母笑了笑。每天我一放學就在養蝸牛的盒子邊呆着，靜靜地看着羞澀的蝸牛緩緩探出頭來，斯斯文文地吃菜葉。繼母在一旁慈祥地看着我，嘴角掛着微微的笑。

日子漸漸過去，小蝸牛給我帶來了越來越多的歡樂和驚喜。現在，牠們的膽子漸漸大了，敢爬出陰暗潮濕的小盒子，看看世界了。每當我和繼母來看這些小蝸牛時，歡聲笑語就不絕於耳。我和她漸漸有了默契。

繼母呀，我失去了親媽媽的愛，你卻用無私的愛，重新溫暖了我的心。讓我叫你一聲吧："我的好媽媽！"

- 這是一篇歌頌繼母的文章。開頭，作者運用了比較說明的方法，把別人口中的"惡婆娘"的形象與現實生活中"我"的繼母形象進行比較，說明同樣是繼母，可以有天淵之別。
- 接着，寫"我"對繼母的"反抗"與後來對繼母的接受，反映了"我"前後的心理發生了很大的變化，生動地刻畫出繼母的付出和失去母親的孩子接受繼母的過程。在這個過程中，母愛再次溫暖了孩子的心，充分表現了主題"失而復得的愛"。

三春燕

何曉明

快要下雨了，我正在院子裏收拾衣服。突然，一隻受傷的小燕子耷拉着翅膀，像一塊小石子般“咚”的一聲，跌在了泥牆邊上。

我很可憐這隻小燕子，於是回去拿了一點麵包屑，試着餵餵牠。小燕子的眼睛睜得圓溜溜的，叫聲像“哭泣”一樣，淒厲而尖鋭。

“雷雷，你在幹甚麼？”媽媽循聲走出來，看見了小燕子。她把受傷的小燕子輕輕托在手心，厲聲問我：“你這孩子，怎麼這樣調皮？媽媽不是跟你說過不要傷害小動物的嗎？”

無辜的淚水盈滿了我的眼眶。我遲疑着説：“牠剛剛跌在這裏。我，我想救牠……”媽媽明白了。

她拿來藥箱，用消毒藥水搽了搽小燕子的傷口，敷上藥粉之後，又用繃帶給牠包紮好。過了一會兒，小燕子眼睛有神一些了。媽媽盯着受傷的小燕子，心疼地説：“這是一隻母燕啊！古人説‘勸君莫打三春鳥，子在巢中盼母歸’，這話説得不無道理呀！做母親的，養育兒女本來就夠辛苦了，人們還要傷害牠，真是……”

我望着掙扎着要飛走的小燕子，心想，牠肯定是急着回去哺育自己的孩子吧！我的媽媽不也是不顧自己，一心撲在兒女身上麼？真是可憐天下父母心啊……

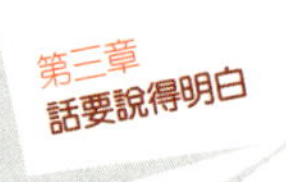

- 這篇文章寫了一對母子救助一隻受傷的母燕的故事。文章表面上是寫母燕的不幸遭遇，實際上故事的真正的主體是母親。通過寫母燕，說明善良的母親與受傷的母燕在母愛這一點上，有着驚人的"神似"：都是無私的母愛的化身，形象地說明了"可憐天下父母心"這個道理。
- 本文運用了引用說明的方法，引用了古人"勸君莫打三春鳥，子在巢中盼母歸"的話，說明母愛不應受到傷害。

愛聽我呼吸的人

趙怡樂

在這個世界上，愛我的人很多，可是愛聽我的呼吸的人，媽媽是唯一的一個。

小時候，我總是反覆地做一個奇怪的噩夢。夢中，我被一頭巨大的怪獸追趕。我驚恐萬狀，雙腿疲軟，無力地奔跑着，眼看就要被吃掉了。我在夢中驚醒，渾身濕透，恐懼地大聲喊着："媽媽，媽媽！"媽媽像是事先知道似的，立刻出現在我的眼前。她溫柔地看着我，抓着我的手說："孩子，怎麼啦？媽媽在這裏，媽媽在這裏！"我把夢見的講給媽媽聽。夢是睡眠中的一種生理現象。媽媽一邊給我講解，一邊撫慰着我，說："夢都是反的呀，你明天一定會有好運氣呢！"

這種事情不知發生了多少次。每次噩夢醒來，我準會看見媽媽慈祥的容顏。我以為這是偶然。可是有一次，聽姐姐說，媽媽由於怕我做噩夢，所以總是在我睡着之後，不時輕輕推門進來，靜靜聽我的呼吸。如果呼吸短促粗重，她便知道我又做噩夢了，於是守候在我的牀邊，一夜又一夜……

我從不知道自己做噩夢的壞毛病竟然這樣牽累着媽媽。她的"黑眼圈"就是這樣日復一日，年復一年地熬出來的呀！

聽姐姐說完，我感動極了，立刻跑到媽媽房間向她道歉。媽媽卻笑着摸着我的頭，說："傻孩子，媽媽喜歡的就是聽你呼吸的聲音呀！你道甚麼歉呢？"

媽媽，你是世界上唯一一個喜歡聽我呼吸的人啊！

- 作者是一個容易做噩夢的孩子，幸好母親常常在他做噩夢時守候着他。當作者知道這一切，並向母親道歉後，母親對自己的辛勞隻字不提，卻告訴孩子，那是因為"媽媽喜歡的就是聽你呼吸的聲音"。母愛的深沉由此可見一斑。
- 作者採用了定義說明的方法，說"夢是睡眠中的一種生理現象"，指出了夢的性質。下筆說"愛聽我的呼吸的人，媽媽是唯一的一個"，新穎別致，給人以震撼的感覺。

母親的“緊箍咒”

蕭子春

“緊箍咒”是唐僧收伏孫悟空的一件必勝法寶。媽媽雖不是唐僧，卻有唐僧的法寶——“緊箍咒”。無論在哪兒，只要我一想到它的厲害，就會立刻撒開腳丫子飛奔回家。

一個週末下午，同學志強帶我去他們家的魚塘裏摸魚。我們在水裏快活極了！魚兒跟我們捉迷藏，我們就想盡千方百計逮住牠們。正是“快樂嫌時短”，我們好像才剛剛玩了一小會，天就黑了。志強笑着說：“你今天收穫可真大啊！把摸到的魚都帶回家吧，你媽媽見了肯定會很高興的！”我一聽他提到“媽媽”這兩個字，頓時就像孫悟空聽到了“緊箍咒”，別說玩了，連腳都軟了。我慌手慌腳地爬上岸，用衣服胡亂擦乾身子，髒兮兮地回家了。

媽媽果然黑沉着臉，像門神似的“把守”在大門口。我知道“狡辯”是無效的，於是老實得像砧板上的魚肉，爭取寬大處理。儘管如此，媽媽還是沒有輕饒我。她板着臉，把我拎到房裏，待我換了衣裳之後，開始唸“緊箍咒”——在我耳邊不停地嘮叨。從我進門開始，她足足向我唸了三個小時。媽媽的功力太強了，唸得我心煩意亂，頭痛欲裂。從此，我再也不敢私自跑去摸魚了。

現在，我漸漸地“乖”了，不再惹媽媽生氣；她也不再沒完沒了地嘮叨了。可是她的“緊箍咒”卻牢牢地刻在了我的心上，作為愛的絮語，成為抹不去的記憶。

- 文章開頭用解釋說明的方法，說明甚麼叫“緊箍咒”，然後寫“媽媽雖不是唐僧，卻有唐僧的法寶——‘緊箍咒’”，用“緊箍咒”來比喻媽媽的嘮叨。這種寫法不僅使母親愛嘮叨的特徵顯得十分突出，而且帶有一些喜劇因素，給人留下了深刻的印象。
- 結尾部分，作者把媽媽的嘮叨比作“愛的絮語”，與開頭部分有了很大轉變。這個轉變的過程，也是孩子心智成長的表現。

母親的心

劉誠之

在這個世界上，甚麼東西既柔軟又堅強？甚麼東西既博大又精細？甚麼東西最禁得住時間的考驗？我的回答一定是：母親的心。

是啊，母親的心裏充滿了愛。它比春風更溫暖，比春水更柔順。如果把母親的心輕輕一碰，母親的愛就會淌出來，滴在孩子的身上、臉上……

同時，孩子遇到困難時，母親的心呀，瞬間變得無比堅強。她的心裏只有一個念頭：我不能讓他有一點兒閃失！母親帶着生病的孩子求醫問藥，帶着求知的孩子拜師尋友，即便是走遍天涯海角，也在所不惜！

母親的心是一片廣闊的大海。它能容納孩子所有的過錯，包容孩子的每一次過失。雖然，母親也會為孩子淘氣而生氣，可她的手打在孩子身上，痛的卻是她的心呀！

同時，母親的心比針尖還細。她能敏銳地覺察到孩子的任何一點小小的需求：孩子餓啦，要尿尿啦，不高興啦……孩子長大後，母親的心就是一個精密的雷達，觀測着孩子的一舉一動：孩子交了甚麼朋友啦，在外面幹了甚麼呀，說了甚麼話呀……

母親的心啊，歲月的流逝使它蒼老，但絲毫不能搖撼這顆心對孩子的愛！無論孩子長到多大，他們始終是母親眼中長不大的孩子。它總時時擔心着、牽掛着孩子，日復日，年復年，沒有一刻停歇。

母親的愛，源於母親的心，真是讓人永遠也回報不完啊！

- 這篇文章切入的角度比較獨特，採用了概括的方法，總體說明母親的心是怎樣柔軟而堅強、博大而精細、禁得住時間的考驗的，而沒有具體到某一件事。
- 同時，作者還採用了比喻說明的方法，“母親的心比針尖還細”，“母親的心就是一個精密的雷達”，形象地寫出了母親的心的特點。

母親的笑容

李唯賢

從前，母親是個和藹開朗的女性。她喜歡與鄰居大媽湊在一塊兒聊天，說這是資訊交流；也喜歡跟我們一起欣賞她年青時的照片，說那是她的“青春紀念冊”。

可自從與父親離婚後，母親就變了，變得寡言少語和冷漠。母親每天照舊上班下班，回家就不停地忙家務，默默地為我準備上學的衣服，默默地為我送上依然可口的飯菜。母親的冷漠讓我有點陌生。慢慢地，我疏遠了母親，遇到甚麼事情都不請求她的幫助，做個甚麼決定也不參考她的意見。這一切，母親都若無其事。

舞蹈大賽的結果出來了，我在眾多“舞林高手”中脫穎而出，奪得金獎。出色的成績給我帶來了喜悦，也帶來了些許落寞，因為家裏沒有人會跟我一起分享勝利的果實。回家把獎杯放在桌上以後，我就找好朋友慶祝去了，連提都沒跟母親提獲獎的事情。因為我覺得，她早已經不在乎這些了。

然而，就在從朋友家回來的時候，我卻發現母親正站在鄰居大媽家的門口，滿臉笑容地跟大媽報告我獲獎的喜訊。這是母親離婚後第一次主動上鄰居家串門，也是我第一次看到她臉上久違的笑容。

在這刻，我終於懂得了母親：作為妻子，婚姻生活的失敗讓她倍感失落；但是，作為母親，我的成長和進步給了她更大的希望……

- 文章共有兩處地方用了對比的方法來寫。作者一開頭便極力強調母親過去的和藹與開朗，使之與離婚後母親的突然轉變形成對比，而"我"與母親之間的隔膜的形成也顯得自然而然。
- 其次是拿離婚後的寡言少語和冷漠跟母親上門向鄰居報告"我"獲獎這一好消息以及她臉上久違的笑容作對比。這裏表面上是寫"我"的突出表現給母親帶來了生活的希望，實際是要說明母親對"我"的愛依然如故。
- 文章開頭說明"母親是個和藹開朗的女性"，運用了解釋說明的方法。

蝶變

余雲間

今天，每當我敢於在大庭廣眾之下說話的時候，每當我說話說得比以前流暢的時候，我的心裏就會湧起陣陣感動。要知道，我曾經只不過是一隻醜小鴨。

從小，我就有口吃。別人三言兩語就表達清楚的事情，我卻要說上老半天。為此，我特別恨自己，恨自己為甚麼那麼笨，連幾句話都說不清楚。我不敢在公共場合講話，生怕別人會把驚訝的目光齊刷刷地投給我。在別人眼裏，我是個性格怪異，少言寡語的孩子。

可是，就算全世界的人，包括我自己都遺棄了我，媽媽卻絲毫沒有放棄我！她親手製作了很多寫有詞語和句子的卡片，每天都堅持陪我練習說話，先從一個個詞語說起，再到簡單的生活用語，最後到複雜的長句子。有時候，我被枯燥的練習惹惱了，便任性地將媽媽費盡辛苦才製作出來的卡片撕得粉碎。媽媽靜靜地看着歇斯底里的我，並不阻攔我，因為她了解我內心的壓抑。幾天以後，媽媽又會拿出新製作的卡片，繼續陪我練習。

就這樣，在經過不知道多少次的訓練之後，我開始敢在眾人面前說話了！雖然說得沒有常人流暢，但起碼是一種進步！

哦，媽媽，您給了我前進的動力。如果我是那破蛹而出的蝴蝶，您就是那明媚的陽光，給了我化蝶的力量！

- 文章舉出“卡片”一事說明媽媽為幫“我”克服口吃而做出的努力。在“我”任性撕碎她辛辛苦苦製作出來的卡片時，她仍是以寬容的態度對待“我”，不責備也不放棄，這一情節寫得感人至深。
- 文章還運用了比喻說明的方法，將“我”比喻成已經發生了蛻變的蝴蝶，將媽媽比喻成給“我”力量的陽光，說明了媽媽給了“我”前進的動力，也自然而然地抒發出了對媽媽的感激。

小花棉襖

伍仁安

俗話説："女兒是母親的小棉襖。"我和母親心貼心。

在母親的衣櫥裏，始終放着一件半新不舊的小花棉襖。那是她的母親——我的外婆留給母親永恆的紀念。

母親出生在上個世紀60年代初，正遇上連年乾旱、食不果腹的時候。那時生活在小鎮上的外公外婆已經有了三個男孩，母親的降臨給他們既帶來了喜悦，也帶來了沉重的負擔。

因為先天營養不足加上後天失調，母親的身子特別弱。孱弱的她根本不能抵禦冬天的寒風。為了給母親置辦新棉衣，外婆狠心當掉了她僅有的嫁妝——一對翡翠手鐲。你可知道，那可是外婆在自己病危的時候都不肯拿出來當掉治病的寶貝啊！可為了母親，她只好忍痛當掉了。

幾個月之後，典當翡翠手鐲的錢用完了，生活又歸於當初的窘迫。而外婆的翡翠手鐲就永遠地留在了故鄉的那家當舖裏。也許是為了尋求心理上的安慰，外婆把母親的那件小花棉襖保存了下來，作為她對過去的懷念。

而今，外婆已經永遠地離開了我們。而小花棉襖依舊安然地躺在母親的衣櫥裏，因為母親不能忘記那件小花棉襖帶給她的溫暖。母親也無時無刻不在把這種溫暖傳遞到她的寶貝女兒——我的身上。

- 文章引用"女兒是母親的小棉襖"這樣一句俗語，說明"我"和母親心貼心，然後引出外婆與母親之間的一段陳年往事。
- 第三段把外婆甘願為了母親而當掉翡翠手鐲一事與外婆沒有為了自己而當掉翡翠手鐲一事作比較，展現了外婆在艱難的生活條件下對母親的寵愛。
- 文章最後把小花棉襖所代表的感情引申到"我"的身上，既與開頭形成呼應，又使其獲得了雙重意義。

第四章 把道理講清楚

議論是寫作的又一種常用表達方式。以議論這種表達方式為主寫出的是議論文，其他體裁的文章也常常要用上這種表達方式。這一章所寫的範文以記敘文為主，但當中也有用到議論表達方式，就屬於這種情況。

所謂議論，是用邏輯的概念、判斷、分析、推理以及綜合等手段來進行説理，從理論上講清楚問題，説服讀者。也就是説，議論是為了以理服人。

議論必須有論點。議論文因為全文以議論為主，所以除了有中心論點以外，還有分論點。在其他文體裏，如記敘文，由於議論不能佔有太多篇幅，因而不一定有分論點，但同樣要有論點。文中所列出的一切理論和材料，都是為了證明論點。論點需要鮮明，提倡甚麼，反對甚麼，肯定甚麼，否定甚麼，都要表述得非常清楚。論點確立了，需要論據去證明。論據可以分為兩大類，一類叫做事實論據，一類叫做理論論據。事實勝於雄辯。要證明某個道理，就要舉出某個事實，讓事實説話，那這個事實就是論據。所謂理論論據，也就是平常所講的道理，而且是大家所認同的、正確的道理。用論據去證明論點，需要一定的方式，那就是論證方式。論證方式從寫作角度來分，可以分為例證論證、對比論證、比喻論證等等。從邏輯的角度來分，可以分為歸納論證、演繹論證、類比論證等。歸納論證是由事實歸納出結論，演繹論證是用人們公認的理論去推斷出新結論，類比論證是把兩個有相同屬性的事物加以比較，從這一事物的特徵去推斷出另一事物的特徵。

不論是議論文或其他文體的議論段，都有一個結構問題。或者先提出問題，然後擺事實、講道理，最後得出結論。或者先擺事實、講道理，再得出結論。或者先提出論點，然後加以論述證明。或者一邊分析一邊作結論，最後總結。無論用哪種結構方法，都要層次分明，條理清楚，邏輯嚴密。在寫法上，可以層層遞進，議論環環緊扣，步步深入；也可以有分有合；還可以對中心論點所涉及的幾個方面並列起來進行論述，使論點得以確立。除此以外，還可以圍繞一件事情，既講事實又講道理，夾敘夾議。究竟用甚麼方法來寫，要根據文章內容和體裁而定，不能一概而論。

總之，議論是一種重要的表達方式，一定要掌握好。

文　章	運用議論方式的地方	議論的論點	議論或寫作方法
電話情思	文章結尾	深深的母愛在那一次次的嘮叨中	正反比較
因為愛	文章結尾	有一個嘮叨的媽媽會很幸福	進行推理
媽媽的信心	倒數第二段	人像……種子……總能開出美麗的花朵	例證
爸爸的信	全文	母親的一言一行都體現了對子女的愛	層層推進
難忘的禮物	文章結尾	“安琪的臉上一片陽光燦爛”的原因	並列
孝順	文章結尾	“媽媽是我學習的好榜樣”	分析理由（用“不但……而且……”句式
無聲的“叮嚀”	文章結尾	千言萬語都抵不過那一句無聲“叮嚀”	分析理由（用“因為……”句式
禮物	全文	禮物不在於是否貴重，而在於是否有意義	由送禮物這件事歸納出論點
母愛有聲	文章開頭	“媽媽的嘮叨可真煩人”	由“她的嘮叨是鞭子”、“是鏡子”、“是影子”演繹出論點
別樣的幸福	文章倒數第二段	“媽媽是愛我的”	從正反兩方面進行分析
作文課	文章第二段	媽媽不怕麻煩，是因為愛我	例證
媽媽的不堅強	文章尾段	媽媽跟孩子心連心	例證

電話情思

張政勤

高天明躺在旅館的牀上，睜着大大的眼睛，望着天花板發呆。

他的心情非常煩悶。這次是隨舅舅出來旅遊散心的，可他心裏總像灌了鉛似的，怎麼也輕鬆不起來。

不知道媽媽的心情雨過天青了沒有？高天明可讓她雷霆大怒了呢！

往事在高天明的腦海中如電影片段般掠過。那天高天明嫌奶奶囉嗦，頂撞了她幾句，為此媽媽狠狠地責罵了他。媽媽常對他唸叨百行孝為先。可他卻覺得媽媽的嘮叨很討厭，從未認真體會到嘮叨聲中的那份愛……

愁雲籠罩在高天明的心頭。以前總覺得媽媽的嘮叨讓人心煩。可這幾天沒有了她的嘮叨，心裏反覺得空落落的。

終於按捺不住了。高天明一個鯉魚打挺從牀上跳起來，奔到電話前。可拿起電話，高天明又猶豫了，心裏像揣着兔子般上躥下跳的。原來，他在想，要是媽媽餘怒未息呢？

正踟躕時，悅耳的電話鈴聲響起了，高天明下意識地拿起電話。

“寶貝，你還好嗎？心情好多了嗎？”是媽媽的聲音。

高天明一下子激動起來。看來媽媽已經原諒他了，快樂像氣球般在他胸懷中慢慢膨脹。

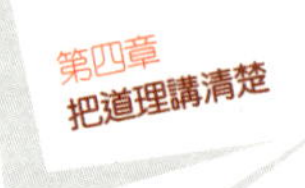

不等他回答，媽媽又打開了話匣子：“這幾天天氣變化大，你要注意多穿點衣服，遊玩時別到處亂跑……”濃濃的關愛沿着電話線傳遞過來。多好聽的嘮叨聲啊，比鋼琴曲更悠揚，比竹笛聲更婉轉，像灑下的綿綿細雨，滋潤着高天明的心田。

高天明情不自禁地濕了眼眶。他大聲地說：“媽媽，對不起，謝謝你！”

……

高天明體會到了，深深的母愛就在那一次次的嘮叨中。如果沒有了媽媽的嘮叨，人生就像缺少了甚麼似的，一切都空落落。沒有了媽媽的嘮叨，高天明就感覺不到媽媽的存在。有了媽媽的嘮叨，他才感覺到媽媽的存在，感受到媽媽的關心。

- 本文是一篇小小說，情節簡單卻非常感人。文中多處使用承前啟後的句子和段落，結構嚴謹。同時語句中恰當地使用關聯詞，連貫流暢。
- 文章過渡自然，前後渾然一體，突出了文章的中心。
- 文章結尾以深深的母愛就在那一次次的嘮叨中為論點，使用了議論的表達方式，用正反比較的方法加以論證。

因為愛

任有才

有一個喜歡嘮叨的媽媽會怎樣？

這個問題你可千萬別問柏高，因為他正為此煩透了呢！

媽媽一嘮叨起來，就像按下了重播鍵的錄音機，一遍又一遍地播放，內容重複，沒完沒了。這都快讓他的耳朵磨出繭來了。

這不，剛吃完晚飯，媽媽又開始嘮叨了。柏高終於惱火了，氣沖沖地回到臥室，摔手關上了房門。

不一會兒，門被輕輕推開，爸爸走了進來。

“怎麼臉上烏雲密佈呀？”爸爸笑着問。

柏高埋頭不說話。

“爸爸問你一個問題：地球是圓的嗎？”

這麼簡單的問題？！柏高沒有回答。

“地球是圓的嗎？”爸爸繼續問。

“是的啦！”柏高沒好氣地回答說。

“地球真的是圓的嗎？”爸爸窮追不捨地問。

……

在爸爸追問了七八遍後，柏高再次爆發了：“爸爸，你是不是認為我真的那麼無知？你簡直變得跟媽媽一樣囉嗦了！”

“才問了幾遍，你就煩啦？”爸爸笑了，“其實呀，這是你小時候問過的一個問題。那時你很好奇，總纏着媽媽問‘地球

是圓的嗎’。問了十幾遍，每一遍她都非常耐心地回答你，不但沒有煩躁，反而很開心。今天，我才問了你幾遍呢！其實，平時媽媽對你嘮叨，那都是因為她愛你。如果她不愛你，又怎會關心你的一些小事，囉嗦再三呢？你自己想想吧！”

……

這一天，柏高感受到了媽媽的嘮叨中藏着最細膩的愛。

如果你再問他“有一個嘮叨的媽媽會怎樣”，他會告訴你：會很幸福！因為嘮叨體現了媽媽對他的愛、關心和體貼。

- 本文通過父子之間的談話，從側面勾勒出一個生動的母親形象。
- 文章使用設問句開篇，在敘述故事的過程中運用表示時間或動作的詞語來過渡，銜接自然，結構緊湊，使整篇文章行文流暢，主旨鮮明。
- 文章結尾運用了議論的表達方式，用“有一個嘮叨的媽媽”和“嘮叨體現了媽媽對他的愛、關心和體貼”做前提，推導出“會很幸福”的結論。

媽媽的信心

向天揚

浩浩說：有一座高聳的塔是永遠不會倒塌的。那是甚麼塔呢？

浩浩是個有點“糊塗”的孩子。浩浩特別羨慕班上的同學，他們有的像百靈鳥一樣會唱歌，有的畫出的小動物栩栩如生……而他卻甚麼也不會。當小朋友們悄悄說他“笨”的時候，浩浩的心湖裏就會漾起“自卑”的波紋，一條叫做自卑的小蟲子啃噬着浩浩的信心。

看到浩浩因此而傷心的時候，媽媽總會輕輕地替他擦掉眼淚，溫柔地說：“我的浩浩很聰明，只是浩浩的智慧寶藏還沒有得到開發而已！”

在浩浩的請求下，媽媽送他去學畫畫。但他總是把畫紙弄得一團糟，大家都笑話他。媽媽卻總是笑着鼓勵他：“看，浩浩多厲害，把顏色調得多漂亮啊！”

畫畫沒學成，浩浩又去學書法。儘管他很用功，他的字還是寫得不好，大家都說他的字像一棵棵東倒西歪的小樹。浩浩聽了，沮喪極了。媽媽卻拍着他的肩膀誇他：“寶貝進步得可真快，寫字都有神韻了！”

浩浩沒有成為“小畫家”，書法也沒有學好。但是後來，他利用自己動手能力強的特點，在校園汽車模型製作比賽中拿到了安慰獎。

在每一次遭受失敗後，浩浩的信心都幾乎喪失殆盡。可每次媽媽的話總是在他耳邊響起：每個人就像一粒不同的種子，只要找到了適合它生長的地方，總能開出美麗的花朵！媽媽的話是對的。他在校園汽車模型製作比賽中得獎，不就是生動的例子嗎？

浩浩說：媽媽的話給了他無窮的力量，所以媽媽就是他心中永不倒塌的信心之塔！

- 本文講述了一個小故事。文中講到自卑的浩浩在媽媽不斷的鼓勵下，重建了自己的信心之塔，用自己生動的事例證明了種子總能開花的道理，展示了一位媽媽對孩子不離不棄的愛。
- 文章開頭與結尾照應，標題與內容照應，結構緊密，敘述次序井然，刻畫了一個鮮明的慈母形象。
- 文章倒數第二段用了例證法，以浩浩在校園汽車模型製作比賽中得獎一事，論證了"每個人就像一粒不同的種子，只要找到了適合它生長的地方，總能開出美麗的花朵"的論點。

爸爸的信

嘉嘉

家明：

我最親愛的孩子，你好！

此刻，你已經甜甜地進入了夢鄉，只有明亮的月兒與我作伴，而我正在給你寫信。

都說，女兒是媽媽貼心的“小棉襖”。媽媽不但跟你“貼身”，而且跟你“貼心”。從出生到現在，你成長的點點滴滴都溫暖着媽媽的心。當然，媽媽也溫暖着你的心。你可知道，媽媽有多愛你？

在媽媽心裏，你是一顆獨一無二的珍珠。即使不夠完美，但始終是獨一無二的。說媽媽把你當作掌上明珠，一點也不過分。媽媽對你萬般珍惜。一直以來你乖巧懂事，就像一個小太陽般照耀着整個家。這讓你的媽媽很欣慰。

這裏有一個如何正確看待媽媽嘮叨的問題。

今天，在你歡樂的生日裏，你無心的話語讓媽媽傷心了。你還記得嗎，在許願後，你輕輕地嘀咕了一句：“如果願望真能實現，我真希望媽媽不要再對我嘮叨了！”也許這是你的玩笑話，我卻看到你媽媽呆愣了幾秒。我知道她難過了，但是望着你如花般綻放的笑臉，她依然盡情地陪着你歡笑。

孩子，媽媽的嘮叨真的讓你如此厭煩嗎？

你想想，出門時，媽媽讓你注意安全；回家後，媽媽對你噓寒問暖；學習時，媽媽叮囑你要認真仔細……這一句又一句的話串起的都是牽掛的音符，連接的都是希冀的節奏啊！

孩子，也許是你還小，媽媽這些繁瑣的話語難免讓你煩惱。但是只要你還沒有長大，這嘮叨就會一直跟隨你，因為它們是媽媽為你擔憂的表達！

孩子，媽媽的一言一行都體現了她對你的愛。你要認真體會。

祝你

快樂！

爸爸

- 本文是採用書信的形式寫成的議論文。
- 它通過三個分論點去論證“媽媽的一言一行都體現了她對你的愛”這個中心論點。三個分論點是：一、“女兒是媽媽貼心的‘小棉襖’”；二、“在媽媽心裏，你是一顆獨一無二的珍珠”；三、要“正確看待媽媽的嘮叨”。文章先證明各個分論點，然後由這些分論點推出中心論點，層層推進，使主旨不斷地延伸和深化，頗能引起讀者的共鳴。

難忘的禮物

龐雅文

安琪的生日到了。叔叔阿姨們送了一大堆精美的禮物給她，可安琪卻垂頭喪氣的。

為甚麼呢？因為媽媽不在家！安琪多想念媽媽呀！可媽媽太忙了。她是一個出色的導遊，經常要帶着旅客四處觀光。雖然媽媽很少陪她，但是懂事的安琪並不埋怨。可這次好不容易盼到了生日，誰料媽媽又帶團去海南了，安琪的心裏別提多失望了。

晚上，安琪蜷縮在沙發上看電視，悶悶不樂，無論爸爸怎麼逗她也不説話。

正在這時，電話鈴響起了。安琪從沙發上跳起來，如箭一般衝了過去。

“寶貝，生日快樂！”果然是媽媽打來的電話，“寶貝，對不起，媽媽是多麼的想和你一起度過你快樂的生日呀！可工作和責任是不可推卸的，所以你別生氣。媽媽回來會把禮物補上……”

安琪聽了，委屈的淚水在眼眶裏直打轉，可同時更感受到了濃濃的母愛從電話那頭傳來。安琪的心裏霎時灑滿了陽光，暖暖的……

接完電話，安琪的心情已經“多雲轉晴”了。這時，爸爸走了過來，摟着安琪的肩膀説：“寶貝，別怪你媽媽。其實，媽媽已經送了一件珍貴的禮物給你，那就是無論何時何地都掛念着你！”安琪聽了，情不自禁地抱住爸爸：“嗯，我愛媽媽！”

第二天，安琪的臉上陽光燦爛。因為她懂得了母愛就是臨行前眷戀的眼神；懂得了母愛就是回家時熱烈的擁抱；懂得了母愛就是對孩子永久的牽掛！

- 本文抓住生活中的一個事例，描寫了一個孩子由失望到歡樂的內心變化過程。文中採用了多種照應方法：心情前後變化的照應、禮物轉化的照應，以此來展現一位工作勤奮卻仍時刻牽掛孩子的慈母形象。
- 文章結尾使用了議論的表達方式，把三個“懂得”並列起來，論述了“安琪的臉上陽光燦爛”的原因。

孝順

孔佩瑩

兩年前，爸爸媽媽離婚後，我便和媽媽一起生活。媽媽用無微不至的愛包圍着我，我覺得自己很幸福。

媽媽常叮囑我："百行孝為先。"我把媽媽的話當成了"聖旨"，牢牢記在心上。

一次，爺爺突然生病住院，爸爸正好出差了。媽媽下班知道後，顧不上休息，連忙帶着我直奔醫院。

在車上，我見媽媽滿臉疲倦，於是想打電話讓爸爸趕回來。但是媽媽搖搖頭，笑着對我說："孩子，我和你爸爸雖然分開了，但照顧爺爺還是有我的一份責任。而且孝敬老人和幫助別人是一種美德，所以我們能幫就幫幫他吧。你是爺爺的乖孫子，更應該照顧他，讓他早日康復啊！"

到了醫院，媽媽一會兒詢問醫生，一會兒買水果，忙個不停。護士們都誇爺爺有個孝順的好女兒，爺爺也樂得直點頭。

我按照媽媽的囑咐安慰在病房照顧爺爺的奶奶。等奶奶臉上的愁雲消散了，我又照料起了爺爺來，一會兒幫他揉揉肩，一會兒幫他捶捶腿。鄰牀的病人直誇爺爺好福氣，不但女兒好，而且孫子也孝順。爺爺奶奶都開心得笑彎了嘴。我見了，感受到一股濃濃的親情在流淌，心中暖洋洋的。

媽媽是我學習的好榜樣。她不但教會了我要孝敬長輩，而且讓我懂得了只有那種博大胸懷才能享受到的博愛！

- 文章抓住了日常生活中的一個鏡頭，通過母親對孩子成功的教育，側面突出了一個優秀的母親形象。
- 開頭結尾互相照應，行文中運用時間、地點等詞語來過渡，銜接自然，層次分明，昇華了主旨。
- 文章結尾運用了議論的表達方式，用“不但……而且……”的句式來分析為甚麼說“媽媽是我學習的好榜樣”，突出了主題。

無聲的“叮嚀”

姚美蓮

小雨的媽媽很平凡，就像一棵毫不起眼的綠樹。儘管媽媽像呵護樹苗般關心她，但是一直以來，小雨非常不快樂。因為媽媽像大樹一樣沉默——她是一個啞巴。

每當同學們埋怨媽媽嘮叨時，小雨的心裏就特別酸澀。一是因為她害怕別人知道自己的媽媽是個啞巴而看不起自己。二是因為她嫉妒她想獲得而不能，但別人卻厭惡的那種媽媽的嘮叨。

然而，一件意外的事情卻讓小雨在心里為自己的媽媽驕傲。

那一天，學校臨時召開家長會。爸爸恰好出差了，小雨只得通知媽媽到會。但是她的心七上八下的：別人會譏笑自己的媽媽是個啞巴嗎？家長被請到了會議室，小雨卻在教室裏坐立不安。

會議一結束，小雨便像兔子般迅速地竄到會議室門外。媽媽走出來了。她緊緊地抓住小雨的手，用期待的眼神盯着小雨，彷彿在說：“孩子，要努力！”小雨輕輕地點了點頭，媽媽帶着安慰的微笑回家去了！

秘密沒有被揭穿！小雨正在暗自慶倖時，班主任走過來叫住了她：“今天大部分家長都交流了教子心得。雖然你的媽媽沒有發言，但是她在紙上寫下了對老師的信任和對你的

愛。”說完，將一張紙條遞到了小雨手中。紙條上寫着：“老師，不用說，我的小雨在您的教導下會更棒！”啊，原來媽媽用這種特殊的方式維護了她所謂的自尊……

千言萬語，抵不過媽媽那一句“會更棒”的無聲“叮嚀”。因為這叮嚀裏的愛比山更高，比海更深，比天空更博大！

- 本文選取了一個比較感人的故事來表現母愛。文章首尾呼應，點明題旨。
- 行文與標題相照應，圍繞主題展開。
- 文中描述了小雨心理的變化，運用轉折關聯詞等過渡詞以及過渡段，條理分明，增強了表達效果，感人至深。
- 文章結尾用議論手法，通過“因為……”的句式來分析說“千言萬語，抵不過媽媽那一句‘會更棒’的無聲‘叮嚀’”的原因。

禮物

黎慧玲

禮物不在於是否貴重，而在於是否有意義。我給媽媽送生日禮物一事，就是最好的證明。

生日那天，爸爸送的裙子讓媽媽愛不釋手。我見了，也趕忙拿出自己精心準備的禮物送給她，心想她肯定會很開心，並且感受到我的一片孝心！

可出乎意料的是，媽媽拆開包裝後，臉上的笑容飛走了，一片烏雲壓了過來："樂樂，你怎麼買得起這麼貴的口紅呢？"我忐忑不安地回答："這是我用自己攢的零花錢買的，我都攢了半年多呢！"媽媽聽了，仍略帶責備地說："那你也不應該買這口紅，既貴又不實用！"

我覺得委屈極了，悶聲悶氣地說："我也是出於想給你一個驚喜，讓你可以打扮得更漂亮啊！"

媽媽搖搖頭。她摟着我，語重心長地說："孩子，我們家並不富裕，媽媽根本用不上這麼昂貴的口紅。儘管媽媽也愛美，但是媽媽更相信一個人的美重在心靈，只有心靈的美才是真正的美。況且，禮物的價值並不重要，有你的一份心意就是媽媽收到的最好的禮物了。"

這一天，我也收到了媽媽的"特殊禮物"——責備中蘊含的人生道理。這禮物雖然不值錢，但十分有意義。

- 本文前後照應，圍繞禮物來展開描寫。作者因為愛媽媽而送她一份禮物，媽媽就借此教育了她，使她也收到了媽媽送她的“禮物”。
- 文章使用了議論的表達方式，由送禮物這件事歸納出論點：禮物不在於是否貴重，而在於是否有意義。文中運用過渡詞語和句子，自然嚴密，突出了文章的中心。

母愛有聲

伍少聰

媽媽的嘮叨可真煩人！她的嘮叨是鞭子，大強想偷懶一下時，這鞭子就會毫不留情地朝他揮過來。她的嘮叨是鏡子，讓大強看到自己偷懶時的模樣。她的嘮叨是影子，只要他的陋習未改，便天天伴隨着他。

"大強，懶惰蟲又跑出來了吧？"媽媽再次嘮叨了。大強聽後，簡直一個頭兩個大。這些話他都能倒背如流了，媽媽自己怎麼就不煩呢？

有甚麼妙計可以使自己耳根清靜清靜呢？冥思苦想後，煩惱的大強終於想到了解決辦法。他打算跟媽媽來個約定：三天內如果媽媽不再唸叨他，他就主動承擔一個星期的家務活。不料媽媽爽快地答應了。

接下來的三天，媽媽果然"嘴門"緊閉。無拘無束的大強成了一個小國王，日子過得可自在了。

三天一晃而過，大強得履行他的承諾了。剛開始，大強做起家務活來得心應手。他想：這些事情太簡單了，難怪媽媽每天都能把家裏收拾得井井有條呢。

然而過了幾天，大強漸漸覺得拖地、洗碗、擦桌子是那樣繁瑣，做起來像陀螺一樣轉個不停，讓人心煩。

第五天晚上，忙得手忙腳亂的大強終於忍無可忍了。他寧願聽媽媽的嘮叨，也不願意再做這些無休止的家務活了。

於是，“男子漢”大強第一次“投降了”。媽媽的叮嚀又在他的耳邊響了起來。儘管它們還會讓大強心煩，但是他已經學會用心來聽。他感受到了，這些不絕於耳的叮嚀和媽媽準備的可口早餐、整潔的外套一樣，都是濃濃母愛的具體表現！

如果現在你問大強：“媽媽的嘮叨讓人煩嗎？”他會搖着頭，斬釘截鐵地告訴你：“不煩，因為母愛有聲！”

- 這篇文章是一篇頗為有趣的記敘文。文章首尾照應，並形成了鮮明的對比。
- 同時文中穿插了一條作者的心情變化線索，展示了作者對媽媽的嘮叨由厭煩到反抗再到喜歡的心理轉換，揭示了媽媽的嘮叨也是愛這一主題。
- 本篇行文過渡自然，銜接緊密，感情真摯，讀後使人深有同感。
- 文章開頭用的是議論的表達方式，由“她的嘮叨是鞭子”、“是鏡子”、“是影子”演繹出論點，論證了“媽媽的嘮叨可真煩人”的論點。

別樣的幸福

戴志華

以前，我不喜歡媽媽。別人都說母女連心，可我總覺得在她的眼中，我是無足輕重的一顆小星星。只有優秀的弟弟，才是她可愛的小太陽！

弟弟聰明好學。一直以來，他都讓媽媽引以為傲。相比之下，我的成績一般，又有點叛逆。我認為，這是自己現在學業比弟弟艱深，自己有個性的表現。因此，對“你這個姐姐，沒帶好榜樣。要是你能學學弟弟，我就心滿意足了”等等媽媽的話，厭煩至極。每當這時，我就覺得自己像一棵缺乏母愛滋養的小樹苗。有時，我甚至在心裏發誓，如果媽媽再如此偏心，我就棄學！

直到發生了那樣一件事，我才覺悟。

那一次，我受傷住院。為此，媽媽沒少說我“毛毛糙糙”，我心裏可委屈了。一天，護士來給我打針。媽媽不在，我不禁抱怨了她幾句。誰料護士聽後，搖搖頭說：“你真是不理解你媽媽！這些天來，為了你，她可操夠了心！每天清晨她早早來看你，你還在睡大覺。晚上你睡覺了，她給你的腿按摩。怕你心情受影響，她幾次三番請求我們逗你開心。她說你是個乖巧孝順的好孩子，是她的寶貝……”

我聽後呆住了，往事一幕幕浮現在我的腦海。是啊！媽媽是愛我的。雖然媽媽常說我這樣那樣，但我的吃穿，沒有

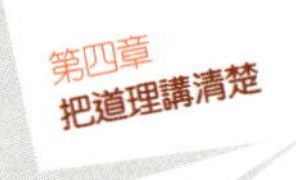

一樣比弟弟差。我成績和表現確實不如弟弟優秀，常犯些小錯誤，所以，她才會時常為我拉響警報，一句接一句地提醒我啊！

讀懂了媽媽的愛，我終於體會到這是我的別樣幸福！

- 本文記敍了一個孩子由誤解媽媽到理解她的小故事。文章運用時間等關聯詞銜接，過渡自然緊密。
- 在敍述事情時圍繞心情的變化展開，氣氛、語言描寫都與之照應，語句連貫，結構緊湊，深化了中心。
- 在倒數第二段，就着"媽媽是愛我的"的論點進行論證。作者從正反兩面進行分析，正面是"我的吃穿，沒有一樣比弟弟差"，反面是"我的成績和表現確實不如弟弟優秀，常犯些小錯誤"，證明了媽媽愛"我"，而愛的方式就是"一句接一句地提醒我"。

作文課

羅燕文

上作文課時，老師要求我們以媽媽的愛為主題寫一篇文章。望着黑板上的作文題目，我的腦海裏像是在放映一場蒙太奇電影……

小時候我特別膽小，性格孤僻且偏激。為了培養我健全的人格，媽媽放棄了原來薪金豐厚的工作，開了所幼稚園，當起了孩子王。這是一件麻煩事。我知道，媽媽其實挺怕麻煩的。她這次沒有顧慮麻不麻煩，是因為愛我。

經過勤學苦練，我終於登上了學校音樂匯演的舞台，而媽媽卻出差外地。為了現場觀看我的表演，媽媽竟然一個人連夜從幾百里外趕了回來。可我卻時刻不曾忘記媽媽時常對我的告誡：晚上不要一個人外出，以免遇到壞人。

因為貪玩，我的腦門給碰破了，流了一地的血，醫生說要馬上輸血。媽媽顧不得自己貧血虛弱的身體，擼起袖子求醫生說：快抽我的吧！醫生考慮到媽媽的實際情況，拒絕了供血的請求。一向堅強的媽媽竟然因此而當眾泣不成聲。

在同事面前，媽媽總喜歡摟着我的肩膀，驕傲地對他們說："這是我兒子。"而我卻想不出我為媽媽爭了甚麼光。

媽媽在我每件校服的口袋上都繡上了我的名字，說是怕跟別人的混淆了。其實我的衣服尺寸比班上其他同學的都要大。

……

下課的鐘聲敲響了，而我卻隻字未寫。這並不是因為我對母愛的感悟不深，而是因為我要寫的東西太多了，以至無從下筆……

- 文章以作文課為切入點，採用聯想式的開頭方法，將文章的中心轉移到對往事的回憶上來。
- 在正文中，作者通過對代表性事件的敘述，有血有肉地體現了媽媽的愛。
- 文章以作文課的結束為結尾，與開頭形成了很好的照應。
- 第二段使用的表達方式是議論，用媽媽不怕麻煩，毅然開辦幼稚園這一事例，論證了媽媽不怕麻煩是出於愛“我”這樣的論點。

媽媽的不堅強

陳夢芷

打我從小記事起，媽媽就時常教育我要堅強。在媽媽的熏陶下，“堅強”兩個字深深地烙在我的記憶裏。

可是，我也有不堅強的時候。小時候，我身體特別差，隔三差五就進醫院打針。而最讓我害怕的，莫過於住院扎針了。每次護士要把尖尖的針頭扎進我手背的時候，我總會嚎啕大哭，奮力掙扎。這時，媽媽會一邊緊抱着我，捉住我的雙手不讓我動彈，一邊安慰我，許諾給我買我最喜歡的玩具和零食。可儘管這樣，我仍會哭鬧不止。其實，我並不是忍受不了扎針的疼痛，而是對醫院和“白大褂”懷有一股莫名的恐懼。然而，讓我納悶的是，每次在我哭鬧的時候，媽媽的眼淚也會大滴大滴地滴在我的手背和衣服上。媽媽為甚麼也會掉眼淚呢？針頭可是扎在我的手上啊，莫非媽媽看到“白大褂”也會感到恐懼麼？

長大以後，我仍要經常出入醫院。我常常看到別的小孩在因打針而哭鬧的時候，他們的媽媽也會抑制不住地掉眼淚。當以一個旁觀者的身份來看待這一切的時候，我終於明白了媽媽掉淚的原因。媽媽跟孩子心連心。針雖然是扎在小孩的手上，可媽媽心頭的痛比小孩扎針的痛要強烈幾十倍。我想，即便是再堅強的媽媽，也忍受不住這樣的考驗。

- 文章是圍繞“堅強”與“不堅強”來展開的。開篇點題，寫媽媽對“我”的教育，要“我”學會堅強。然後寫媽媽在“我”扎針的時候忍不住掉眼淚，因此，在作者眼中，外表堅強的媽媽其實並不堅強。
- 文章的最後，作者以一個旁觀者的身份來看待別的媽媽掉淚的時候，終於明白了媽媽不堅強的原因——為子女受疼痛的折磨而難過。
- 同時，文章以這件事為例證，在最後一段運用議論的表達方式，論證了“媽媽跟孩子心連心”的論點。

第五章

要適當地抒發感情

抒情，是抒發感情的一種表達方式。

人有外貌，有行為，要做事。要反映上述各方面的情況，就需要運用敍述、描寫等表達方式。人是有感情的動物，有喜、怒、哀、樂。要把這些感情表達出來，靠敍述、描寫不能達到目的。它要求我們用一種新的方式來表達，那就是抒情。文章要用事實說話，在講事實的基礎上要以理服人、以情動人。抒情所擔負的就是以情動人的角色。一件事是不是事實固然重要，作者對這件事情的感情和態度同樣重要。因此，抒情是不可缺少的表達方式。

抒情的方式有很多種，既可以直接抒情，又可以結合其他表達方式來抒情。在這兩大類抒情方法中，以後一類為比較常見。這是因為任何感情都不是憑空產生的，總是有所憑藉，或者因人而生情，或者因事而生情。在這樣的情況下，在寫情的同時就要寫人、寫事，就要運用敍述、描寫等其他表達方式。這叫做結合敍述抒情、結合描寫抒情。在抒情的同時可能要說理，這叫做結合議論抒情。抒情除了同人、同物有關，還同語言有關。所以、語言的選擇在抒情過程中顯得非常重要。語言可以分為抒情語言和非抒情語言。抒情這一表達方式當然重點使用的是抒情語言。抒情語言，不但詞句內容有所不同，而且語調、句式也有所不同。但是，抒情語言也不是孤立的，常常跟非抒情語言結合起來使用。其中比較常見的就是跟修辭手法結合起來使用。修辭手法有很多，大家比較熟悉的有比喻、誇張、排比、設問等等。在抒情的時候，使用這些修辭手法，可以更好地表達到某種抒情效果。

跟敍述、描寫、議論有自己的要求一樣，抒情也有自己的要求。首先，作者所表達的感情必須真摯、自然，必須是真情實感，而不是裝模作樣，無病呻吟。有些人每寫一件事都說："這是多麼令人感動啊！"但讀者看不出這件事為甚麼會使他感動，他如何感動，感動又有甚麼效果。在別人看來，他抒的是虛情假意，並不真摯自然。這種抒情，應該儘量避免。其次，抒情還要具體豐富。人的感情非常豐富，各人感情的區別也非常微妙。同樣是感動，男跟女可能不同，不同年齡層次的人表現也不一樣。在抒情的時候，要表現出這些細微的差別，就不要籠統地說令人感動。最後，抒情當然要求積極和健康。人的感情有積極的和消極的，有健康的和不健康的。寫文章是為了影響人，陶冶別人的性情。這就要求所抒的感情積極、健康，不然就會帶來不好的效果。

抒情在不同的文體中有不同的作用。在本章中，有少部分文章是抒情散文，抒情這一表達方式就擔當着主角。本章還有許多記敍文和描寫文，抒情這一表達方式雖然不是主角，但也擔當着重要的角色，不可忽視。

文　章	抒情的方法	語法修辭	抒情的特點
母親的叮嚀	結合大量修辭手法抒情	排比、比喻、引用	真摯自然，連貫通順
律師媽媽	直接抒情	排比	具體豐富，層層推進
諺語	結合敘述抒情	感歎、比喻	結尾抒情與開篇照應
小麻煩袋	結合敘述抒情	感歎	真摯，感情轉變自然
媽媽的話	結合敘述抒情	設問	反映感情的變化，由厭惡到喜愛
我的法寶	結合大量修辭手法抒情	排比、比喻、設問	真摯自然，引人深思
進行曲	結合敘述抒情	比喻	感情真摯，自然流暢
愛在叮嚀中	結合大量修辭手法抒情	排比、比喻、對比	具體豐富，感情強烈
家庭戰鬥記	結合議論抒情	感歎	真摯自然，不做作
“爸爸”的來信	結合敘述抒情	比喻、對比、雙關	真摯自然，與描寫緊密結合
精神支柱	結合敘述抒情	排比、感歎	反映感情的變化，由厭惡到喜愛
巢	結合大量修辭手法抒情	排比、感歎、比喻	情趣健康

母親的叮嚀

易樂天

母親的叮嚀，像一支旋律優美的歌，迴響在我們成長的歲月裏。

母親的叮嚀，像一幅風景別致的畫，展現在我們前行的道路上。

母親的叮嚀……

“走路要注意安全”，是母親一聲輕輕的叮嚀。當小心翼翼地穿過馬路時，我們心中充滿陽光。

“天冷加件衣服”，是母親一句溫柔的叮嚀。當在凜冽的風中擁緊大衣時，我們心頭別樣溫暖。

“不要粗心大意”，是母親一句嚴厲的叮嚀。當我們拒絕錯誤前來拜訪時，母親笑臉如花。

一年四季，母親將細細的叮嚀，繡成關懷的圖案，鋪展在我們生活的每個角落。歲歲年年，母親將滿滿的囑託，釀成芳香的美酒，酒香彌漫在我們悠長的人生旅途中。

當我們呱呱墜地時，當我們快樂成長時，當我們日趨成熟時，母親的叮嚀無處不在：“健康最重要，要注意身體；學習要慢慢來，和朋友要和睦相處……”這些在耳邊縈繞的囑咐是母親無限的牽掛。

當我們悶悶不樂時，當我們洋洋得意時，當我們垂頭喪氣時，母親的叮嚀無時不有：“笑一笑，十年少；滿招損，謙

招益；失敗是成功之母……”這些在耳邊迴響的話語是母親的諄諄教誨。

時光如水般流逝，那些絮絮叨叨的叮嚀卻在歲月的河流中沉澱下來。它們貫穿了我們的生命，深入到靈魂中，護着我們勇敢前進，一路走好！

母親的叮嚀，輕輕溫暖兒女心。

- 本文是一篇抒情文章。作者善於採用各種修辭手法，如比喻、排比、引用等。文章的最大特色是排比的大量運用。
- 句與句、段與段之間的排比修辭，使文句連貫通順、琅琅上口，將作者的感情抒發得淋漓盡致，使讀者也不禁感歎“母親的叮嚀”很寶貴！

律師媽媽

丁丁

人們都說：媽媽像一條潺潺的溪流，母愛就像那流水一樣溫柔。可我的媽媽卻“與眾不同”。她是一位律師，“鐵齒銅牙”，經常將我當成她的辯論對象，對我下手總是絕不留情。我哪是她的對手呀！

每一天，媽媽都會用她的獨門絕學——“嘮叨功”對付我。比如：丁丁快起牀，太陽都曬屁股了；丁丁，多穿件衣服，小心出門凍成冰塊！諸如此類的數不勝數，就像縈繞在我耳邊的生活變奏曲！

一次，我做完作業後坐在電腦枱前，準備玩遊戲。媽媽見了，啟用了她的絕學“絕世武功”：“丁丁，學習就像園丁種花，要經常把錯誤當成雜草除掉，這樣才會學有所成。”我聽了不耐煩地回答：“已經檢查完了！”“那也不能玩遊戲，持續用眼會造成眼疲勞，容易得近視。”說完，舉出了一大堆例子加以論證。可我也毫不示弱地回答：“你不是說學習要勞逸結合嗎？我這是休息呢！”這下，媽媽打開了她的話匣子，滔滔不絕地辯說起來：“學習後的放鬆有很多種方式，你可以去散步、聽音樂。而玩遊戲既耗費精力，又容易造成精神繼續緊張，……”最後，媽媽“慷慨陳詞”：“總而言之，眼睛是心靈的窗戶，你應該保護好它！”我再次無言以對，敗下陣來，只得好好歇息了。

雖然媽媽的出眾口才常讓我頭疼不已，但這當中凝聚的綿綿牽掛，承載的殷切期望，蘊含的人生哲理，都將永遠是我受用無窮的珍寶！

- 開篇運用比喻和對比手法寫出媽媽的“與眾不同”，生動貼切。接着記敘“我”與媽媽的一次辯論事件，中間多處使用比喻，將媽媽的教誨比作“絕世武功”，使文章顯得更加生動形象。
- 結尾處採用排比手法，層層推進，將媽媽對“我”的嘮叨昇華為愛的體現，抒發了對媽媽嚴厲管教“我”的感激之情。

諺語

譚美寶

媽媽經常緣事而發地對我說：別忘了"少壯不努力，老大徒傷悲"；要牢記"一分耕耘，一分收穫"……她的諺語像一張張愛的相片，存儲在我的記憶相冊裏。

不經意地翻開一張美麗的往事照片。

那一次，我沒能按時完成作業。因為怕被老師批評，於是請同學代做。不料紙包不住火，最後老師知道了，嚴厲地批評了我。那幾天，我覺得自己丟臉極了，在同學面前都不敢抬頭。媽媽知道了，儘管恨鐵不成鋼，也沒有罵我。她只是語重心長地教育我："'人非聖賢，孰能無過'。只要知錯能改，就能得到大家的尊重。"

在媽媽的鼓勵下，我漸漸走出了心的沼澤，加倍努力學習起來。可學習真辛苦啊！才過了幾天，我就"三天打魚，兩天曬網"了。媽媽見了，說："'世上無難事，只怕有心人'。整天輕輕鬆鬆就想收穫成功的果實，那是不可能的。'寶劍鋒從磨礪出，梅花香自苦寒來'。學習如同種樹，只有勤於灌溉，才能讓它長成參天大樹啊！"

從小到大，媽媽貼切的諺語是一張張愛的相片，一直陪伴着我。我多麼感激媽媽的諺語啊！正是這特別的督促，使我得以健康地成長！

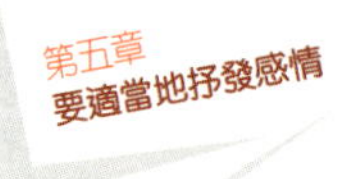

- 本文運用比喻手法，將媽媽的諺語比作“相片”，存儲在“我”的“記憶相冊”裏，貼切巧妙。
- 文中通過記敘一個典型事例來突出母愛，在敘述中多處引用諺語和名句，娓娓道來，使一個關心“我”的母親形象躍然於紙上。
- 結尾處與開篇照應，抒發了對媽媽用諺語來督促“我”的感激之情。

小麻煩袋

張俊傑

我有一個小袋子。每次出門在外，媽媽總給它“餵”上不同的“食物”，讓我帶上它。我不喜歡這個形影不離的小“跟班”，於是叫它“小麻煩袋”。

然而有一天，“小麻煩袋”向我伸出了友誼之手。這使我對它的印象大為改觀。

那天，天氣晴朗，陽光明媚，我和幾個好友相約郊遊。出發時，媽媽再三叮囑我帶上“小麻煩袋”。我心不甘情不願地把它塞進了包底。

郊外的風景別樣美麗。像小鳥般快樂的我們決定進行一場登山比賽。

比賽一開始，夥伴們都毫不示弱，使勁地向上攀登，歡歌笑語飄盪在小山上。我也使勁向上攀，生怕落在後面。可由於很久沒做激烈運動了，我突然頭暈眼花，腳下一軟便摔了一跤，膝蓋磕在一旁的石塊上，劃了一道口子。

我忍不住痛得叫出了聲。夥伴們急忙跑了過來，手忙腳亂地幫我止血，可收效不大。大夥情急之下，把包裹的東西都倒了出來，“小麻煩袋”也被“摔”在地上。大夥打開一看，發現裏面居然有繃帶、膠布、消炎藥水、眼藥水、止痛藥……

在“小麻煩袋”的幫助下，我的傷口得到了及時處理。儘管回到家後，“光榮”負傷的我被媽媽嗔怪一番，但我卻喜歡

上了“小麻煩袋”。因為它是我的“小恩人”，更因為我體會到了袋裏裝着的濃濃母愛。

“小麻煩袋”變成了我的“小百寶袋”，而媽媽的那句“帶上它”也就成了最美的命令！

- 本文是一篇記敍文。文章運用擬人手法，將“小麻煩袋”擬人化，賦予它人的感情，增加了語言的生動性，也加深了讀者的印象。
- 最後，作者把“小麻煩袋”視為“小百寶袋”，直接抒發了“我”對小袋子由討厭到喜歡的感情，也包含了“我”對媽媽的敬佩之情。而這種敬佩之情，使“我”樂於帶上“小百寶袋”。

媽媽的話

陸佩儀

媽媽的話是甚麼？媽媽的話是催命符。每一天，媽媽都會時不時地說幾句，“丁丁，吃飯慢點”，“丁丁，走路小心點，別摔跤了”……這些不絕於耳的嘮叨聲就像雜亂無章的曲調，擾得我心煩意亂。

可直到那一天，我才深切地體會到，媽媽的話是一種愛的責任。

那天中午，我和幾個夥伴在院子裏踢球。球在空中劃出了一道道旋風，我們正玩得高興，可不知誰不小心把球踢偏了，球像離弦的箭一樣飛出了院子。只聽見一句“唉喲”後，有人大聲嚷嚷起來。夥伴們被嚇壞了，一下子就都不見了蹤影。我也很害怕，飛快地跑回了家。

晚上，忐忑不安的我向媽媽坦陳了這件事，不料媽媽卻沒有責罵我。

第二天放學後，媽媽拉着我來到街前的一戶人家門口。原來她找到了昨天被球砸到的叔叔。媽媽充滿歉意地對他說：“孩子犯了錯，不但沒有及時承擔錯誤，反而逃跑，這是孩子的不是。請你原諒他吧！也請你原諒我，因為這是我教子不嚴的結果！……”

這一次，媽媽的話就像鞭子，抽動了我心中那根“誠實”的弦……

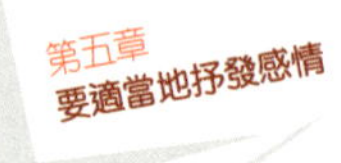

媽媽的話是甚麼？媽媽的話是我日常行為的護身符，是我犯錯時的指明燈……媽媽的話教會我做人的道理，促使我成才。它是我心中最美的話！

- 本文開篇使用設問、誇張、比喻手法，將媽媽的話比作“催命符”。然後結合敍述，寫媽媽代“我”致歉這件事。
- 最後，文章又使用設問修辭，通過一問一答，把媽媽的話比作“護身符”與“指明燈”，展示了“我”的內心變化，抒發了“我”對媽媽的話的喜愛之情。

我的法寶

陳淑芳

每個人的人生都由不同的旅程組成。在我的快樂成長旅途中，除了有爸爸的關愛，還有媽媽送我的一大法寶。它使我受益匪淺。

媽媽的法寶是我的壯膽曲。當我揚帆起航的時候，媽媽總會把它送給我。還記得第一次鋼琴表演時，我因害怕而不敢上台；還記得第一次自己炒飯時，我慌得手忙腳亂；還記得……這時，法寶就會給我無窮的力量。有了它，我心裏的膽怯就灰飛煙滅，無論甚麼難關都能克服。

媽媽的法寶是我的指南針。不管是在風平浪靜的時候還是在波濤洶湧的航程中，它都會為我指明方向。那一次，我猶豫不決，想參加一場比賽卻擔心耽誤學習；那一次，我舉棋不定，不知自己是應該指出好友的錯誤，還是應該顧及她的"面子"……這時"指南針"就會幫助我明辨方向，讓我在十字路口上選出一條正確的道路。

媽媽的法寶是我的小警鐘。當我想偷懶時，它會提醒我"一寸光陰一寸金"；當我不愛學習時，它動人的樂曲會告訴我"書到用時方恨少"；當我不守信用時，它會拉響警報，教導我"人無信不立"……長久以來，我在旅程中不但趕走了許多壞毛病，而且結交了"勤勞"、"堅強"等許多好朋友。

這個法寶是甚麼呢？它就是媽媽的愛。這裏面藏着鼓勵，藏着教誨，藏着望女成鳳的願望。我喜歡這個法寶，更愛送我法寶的媽媽！

- 本文最大的特色是運用了大量修辭手法，當中包括比喻手法，將媽媽的愛比作法寶，比作壯膽曲、指南針、小警鐘。還包括倒數第二段的排比與引用修辭，及最後一段的設問修辭。
- 最後的一句話，“我喜歡這個法寶，更愛送我法寶的媽媽！”，感情抒發得真摯自然，寫出了可貴的母愛，讓人感動，引人深思。

進行曲

樂樂

“樂樂，趕快練字啊！你不是説要和你表姐比賽的嗎？”

聽，媽媽又在唸叨了，那語速之快簡直連閃電都望塵莫及呢。

難怪老爸説在我們家，媽媽是最厲害的歌唱家，每天高唱進行曲。

每天早晨，我多想躲在被窩裏睡懶覺啊！可是媽媽的催促就像那“高音唱片”，唱個沒完沒了，趕走了我的美夢，作為“天下第一大睡蟲”的我也只得跟舒服的牀“分離”了。

這次，看了表姐龍飛鳳舞的字帖後，我就下決心練字了。

剛開始，我像小蜜蜂一樣勤快。可要練好字真難啊，以至才過了兩個星期，我就懶惰起來。媽媽老催我練習，説我不應做半途而廢的“小懶蟲”。我聽了，卻把這當作耳邊風。誰料這下媽媽發威了，又唱起了進行曲：“樂樂，如果別人做事都像你一樣，遇到一點困難就放棄，那還會有成功的人嗎？我看是你身上的懶經發作了。”我附和着點點頭。可媽媽那激昂的進行曲卻不絕於耳：“只要功夫深，鐵杵磨成針。雖然現在你的字還不夠好，但是進步很大。只要你堅持下去，就一定能夠寫出漂亮的字……”媽媽一句接一句，就像機關槍似的不停向我“掃射”。我經不住她的強力攻勢，終於敗下陣來，誰讓她説得字字有理呢！而在她的進行曲的催促下，我也確

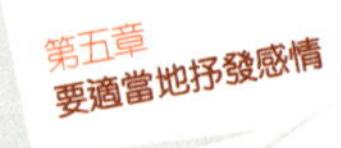

實練成了一手好字。媽媽可真厲害！在她沒完沒了的説教中，我對她平添了幾分敬佩和謝意。

歲月在流逝，媽媽的進行曲卻“風采”依舊。我也喜歡上了她的進行曲，因為它是我前進的動力！

- 本文截取生活中的一件小事，抓住母親的特點，將母親的唸叨比作催我上進的“進行曲”，同時採用誇張、比喻等修辭手法，反映了一位母親對孩子的愛。
- 文章結合描寫，“那語速之快簡直連閃電都望塵莫及呢”，“媽媽一句接一句，就像機關槍似的不停向我‘掃射’”，抒發了“我”對媽媽的敬佩與感激之情。

愛在叮嚀中

王小梅

從呱呱墜地的那天起，每個人就都收到了一份最珍貴的禮物——深切的母愛。它藏在媽媽眷戀的眼神中，藏在媽媽溫暖的手心裏，更藏在媽媽無微不至的叮嚀中。

父親是嚴肅的，母親是親切的；父愛無言，母愛有聲。在成長的光陰裏，媽媽的叮嚀陪伴着我們走過了漫長的旅程。她怕孩子冷了，餓了，犯錯了，受委屈了，所以總不讓孩子離開自己的視線範圍。只要是孩子的事情，哪怕是芝麻大小，也會成為媽媽目光的焦點。她將比大海更廣闊的愛融入慰藉、提醒，甚至是批評中，送給孩子。在這些最簡樸、最關切的叮嚀中，一點一滴地釋放着愛。

也許，每一位媽媽叮嚀的內容不一樣，但是它們都如同綻放的春花，繽紛着兒女的世界；如同豐收的秋實，點綴着兒女的人生。它們給了孩子驅走煩惱的歡樂，給了孩子丟棄自卑的信心，給了孩子離家時的思念……在這些飽含着愛的叮嚀中，孩子有了奮發圖強的動力，有了乘風破浪的勇氣，有了明辨是非的能力……

正是擁有了這清泉般的養分，孩子才能茁壯成長，長成一棵棵挺拔的大樹。而只有長大了的他們才能體會到：媽媽的叮嚀不是“束縛”，不是要命的“鞭子”，而是源源不絕的愛。

母愛，盡在叮嚀中。旅程裏有了這牽掛的叮嚀，一生幸福；生活中有了這關愛的叮嚀，幸福一生！

- 本文是一篇抒情散文，"形散而神聚"，圍繞母愛盡在叮嚀中這一主題展開。
- 本文運用了多種修辭手法。如比喻手法，將母愛比喻成禮物，將叮嚀比喻作春花、秋實，化平淡為生動；如對比手法，寫出父愛與母愛的差別，給人直觀印象；多處運用排比手法，加強了氣勢。各種修辭手法的採用，使本文詞句優美，文采斐然，一氣呵成。結合運用修辭手法抒情，強調了母親叮嚀的作用，抒發了對叮嚀背後母親的感激之情。

家庭戰鬥記

吳美情

天氣就好比孩子的臉，説變就變。上午天氣還晴好，中午居然下起了大雨，把冷氣流帶進我們家，還差點引發了一場家庭“世紀大戰”呢！

午飯後，我剛坐在電腦前和網友聊天，媽媽就開始唸叨起來。我聽後紋絲不動。媽媽見了，便黑着臉拔掉了網線，這下可惹惱了我。一場“戰鬥”即將拉開序幕，爸爸回來了。在他的勸阻下，我和媽媽也只好暫時偃旗息鼓了。

不料，這股冷氣流卻在我家住了下來：我和媽媽互不理睬，堅持“冷戰”。

連續兩天，沒有了媽媽的干擾，無拘無束的我像久旱逢雨的小樹苗般神氣，連平時討厭的鬧鈴聲聽起來也特別悦耳。

可才第三天，粗心的我就忘了帶課本。面對老師略帶責備的眼神，我恨不得找個地洞鑽下去。這時才想到媽媽的好，如果有了媽媽的提醒，我肯定不會這樣！

第四天，沒有媽媽的提醒，我更開始犯迷糊了，一會兒打翻了爸爸的茶，一會兒又撞飛了掃帚，弄得爸爸也叫苦不迭。唉！這冷戰還得持續多久呢？我多想念媽媽那可愛又可恨的干擾呀！

第五天一大早，我便忍不住去找媽媽並向媽媽道歉。誰料媽媽聽了，放聲大笑説：“其實這幾天我是故意不理你的，

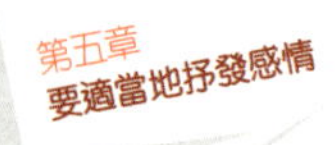

同時在反思自己的教育方式。我想讓你體會到，我的嘮叨也是對你的關心和愛護呀！”聽完媽媽的話，我不禁笑了，原來這場“冷戰”是媽媽的預謀呢！

冷氣流終於從我家撤走了。我喜歡上了媽媽的嘮叨！其實，嘮叨也有嘮叨的好處，起碼它們就像一股股暖流包圍着我。媽媽，你以後就多點嘮叨吧，不要讓我有耳根清靜的時候！

- 本文是一篇記敍文。文章圍繞“我”和媽媽的爭吵展開，誇張地將這次吵架比喻成“世紀大戰”、“冷戰”，同時形象地將爭吵情況比作冷氣流，與結尾的暖流形成對比，生動具體，讓讀者為平凡的母愛所觸動。
- 由最後一段可以看出，文章結合議論，抒發了感情。
- 另外，文章主要使用了感歎修辭，“我多想念媽媽那可愛又可恨的干擾呀！”，“我喜歡上了媽媽的嘮叨！”。

"爸爸"的來信

曾可哥

你見過花壇中那低矮的小野花嗎？在姹紫嫣紅的花叢中，它們毫不起眼。林娜覺得自己就是這樣一株小野花，默默無聞。

林娜不美麗，老覺得有人在譏笑她的相貌。尤其爸、媽離婚後，她更是整天低着頭，和自卑、孤僻交上了朋友。

這種消極的情緒一直與林娜形影不離。直到有一天，一封來信打開了她的心扉。

那是爸爸的來信。多年未見的爸爸居然給她寫信了，這讓"小野花"林娜精神抖擻起來。爸爸說："你是個好女孩子，乖巧又聽話。只要昂起頭來盡情綻放，有一天你也會如玫瑰般美麗的！"這封信儘管很短，但卻觸動了林娜的心，讓她振奮起來。

從那以後，林娜總能時不時地收到爸爸的來信。當她煩惱時，信中風趣的話語趕走了她的煩惱；當她沮喪時，那些溫暖的言辭會在她的心中灑滿陽光……儘管有時林娜也會感到疑惑：爸爸為何會對她的情況了若指掌呢？但是沉醉在深沉父愛中的她根本無暇深究。就這樣，爸爸的信讓她慢慢地走出了自卑的低谷。

然而正當她想去爸爸居住的城市與他見上一面時，林娜卻被媽媽告知，那滿抽屜的信不是爸爸寄來的，而是媽媽寄

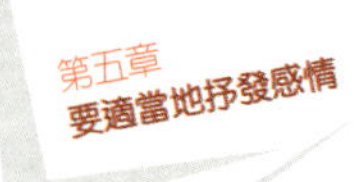

給她的。原來媽媽了解她渴望父愛的心，所以才央求與爸爸同城的朋友幫忙轉寄自己寄過去的信件，給了她一份特殊的“父愛”！

現在，花壇中那“小野花”已經不再低矮了，長得生機勃勃，很有自信。林娜深深知道，媽媽的愛就是那一方沃土，讓自己成長得更美麗！

- 本文敘述了一個女孩在媽媽的關愛下蛻變的故事。文中寫到，林娜是普通、自卑的小野花，幸得爸爸的來信打開了她的心扉，讓這株小野花走出了自卑的低谷，綻放成一株美麗的花。
- 本文的最大特點是將人喻為花，同時使用對比手法去寫林娜心境的變化，讓讀者也不禁為可貴的母愛所感動。
- 最後一段結合描寫抒情，並且一語雙關。“小野花”，一來是指花壇中那株小野花，二來是指林娜。寫小野花“長得生機勃勃，很有自信”，實際是寫林娜不再自卑，“成長得更美麗”。

精神支柱

朱小玲

我從小就喜歡彈鋼琴。而今，我在鋼琴演奏方面已經小有名氣了。每次在我登台演出的時候，舞台下一個黑暗的角落裏，總有一個嬌小的身影在默默地注視着我。這個嬌小的身影就是我的繼母——我的守護神。

然而在九年前，繼母在我眼裏只不過是童話故事中惡毒的女人。她與我沒有任何血緣關係，卻非常尷尬地生活在我和爸爸之間。

一開始，我極其反對繼母的到來！我寧願過那種沒有母愛的日子，也不願讓一個陌生女人陡然闖入我的家。為了表示抗議，我偷偷地在她和爸爸的婚紗照上留下難看的印記：假裝活動手臂把墨水倒在她的白婚紗上……我用一個孩子的頑劣和任性傷害着她。可繼母卻默默地承受下來。她既沒有告訴爸爸也沒有責罵我，有時實在難受了，便一個人躲在房間裏哭泣。哭泣過後，一切又風平浪靜。

不但如此，繼母得知我喜歡彈鋼琴，便用她好幾年的積蓄為我買來了夢寐以求的鋼琴。爸爸生意忙，沒有時間陪我去學琴。繼母便每個禮拜倒幾趟地鐵，陪我去上鋼琴課。為了不讓我餓着，她甚至把便當做好，放在保溫盒裏，讓我隨身攜帶。

愛的溫情能夠熄滅仇恨的火焰，更何況只是孩子的任性呢？在繼母一次次的付出之後，我敞開了心扉，接納了她。

今天，我已經習慣了叫她母親，已經習慣了過有母親陪伴的日子，已經離不開那個嬌小的身影。因為她是我的精神支柱，給我力量！

- 文章以"我"在鋼琴演奏時，台下角落裏那個嬌小的身影開頭，引出與繼母一段不同尋常的往事。通過敘述繼母明知"我"有意捉弄她，她卻默默承擔、用私房錢為"我"買鋼琴、陪"我"上鋼琴課並做便當等事例，突出了繼母對"我"的包容、關愛與扶持。
- 文章最後的落點仍在繼母嬌小卻能給人無限鼓舞的身影上，與開頭形成很好的呼應。文章結合敘述抒情，真摯自然。
- 運用排比與感歎修辭，反映了"我"對繼母感情的變化，由厭惡、抗拒到喜愛、接受，也令人感動。

巢

羅鳳玲

冰心在詩集《繁星》中曾深情地寫道："母親啊，天上的風雨來了，鳥兒躲進牠的巢裏，心中的風雨來了，我躲到你的懷抱。"哦，母親，我是一隻快樂的鳥兒，是你，用那偉大的愛，為我構築了一個溫暖的巢。

母親，你可記得，你曾為了那個因賭氣而離家出走的我徹夜不寐，在冷清的街頭獨自徘徊，而我，卻躲在同學家裏自由自在？母親，你可記得，你為了我"大紅燈籠高高掛"的考試試卷，放下手頭的工作，千里迢迢地從國外趕回來，而我卻認為你多此一舉？母親，你可記得，為了幫我解決青春期的煩惱，你竟一口氣讀完了好幾本枯燥的心理學專著，而我卻對你的熱情冷眼旁觀？……哦，母親，或許你早已經忘記了這一切一切。因為你總認為作為一位母親，這是你應該做的。而今天，我終於明白，那是我最大的福氣。

母親，如果你在清晨聽到窗前的葦葉被人吹響，那是遠在大洋彼岸求學的女兒託大雁捎來的思念；母親，如果你微風中的臉龐被暖暖的淚水打濕，那是女兒遲來的道歉；母親，如果你熟睡的夢中駛入了一隻小船，那是女兒對你的眷戀……

哦，我愛你，母親！

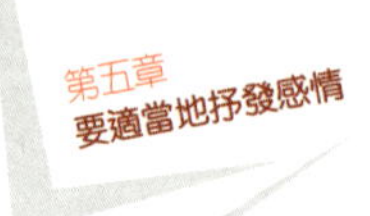

- 文章一開頭就引用冰心的文章，講母親為“我”構築了一個溫暖的巢，而“我”就是一隻可愛任性的鳥兒。
- 緊接着回憶了一系列母親為“我”所作的付出。
- 最後，在充分運用排比、感歎、比喻等修辭抒情的基礎上，用簡短的一句話結尾，直抒胸臆，表達了對母親的愛。文章給人的感覺是一氣呵成，渾然一體。